C'EST MERVEILLEUX
L'AMOUR

NATACHA AMAL

C'EST MERVEILLEUX L'AMOUR

ALBIN MICHEL

22, rue Huyghens, 75014 Paris

www.albin-michel.fr

ISBN : 2-226-11381-9

Pour toi, mon amour

Tu le verras, c'est la force de l'amour d'être plus fort, d'être plus grand, d'être plus beau que tous les mots qui le célèbrent…

Tout est parfum, soudain, tout est musique. Et mes mots, même bafouillés, deviennent mélodies. Et mes gestes, même malhabiles, ne sont plus que des offrandes. Et mes yeux, même embués, ne voient plus que ce qu'ils verraient s'ils étaient aveugles…

Avec toi, ce que je ressens à nouveau, c'est l'envie de la durée. Pour une fois, pas seulement le désir de vivre (et surtout de se contenter) du présent. Tu m'obliges à relever la tête pour regarder devant, et non plus à mes pieds.
J'en arrive à me dire que les verbes peuvent aussi se conjuguer au futur. C'est ta jolie façon de me réapprendre la grammaire de la vie…

Peu importe que, de la semaille au fruit, il nous ait fallu une heure, un jour, un an ou plus… Lorsque l'amour paraît, c'est toujours la naissance d'une nouvelle vie. C'est toujours la certitude de faire peau neuve, de brûler tous nos passés chargés d'incertitude, de solitude ou d'incompréhension. Tout commence là où tout recommence…

Il est toujours à l'heure, finalement, l'amour ! Il n'attend pas que nous soyons prêts. Il ne sonne pas à la porte, il la défonce. Et si nous lui disons non, il sait nous empoisonner jusqu'à ce que nous acceptions son andidote : lui-même…

Ce n'est pas tellement que tu aies réussi à me changer, moi, c'est seulement que tu as déplacé insidieusement les lignes de force de ma vie, que tu en as changé les repères et les jalons…

Chaque heure me découvre à moi-même une autre moi-même que je croyais ne plus connaître, et qui m'étonne et me surprend, et me fait un peu peur. Je ne me ressemble plus, dépouillée des masques dont je me cachais depuis si longtemps pour n'avoir plus à croire qu'on peut n'être pas seule…

Dis-moi qui suis-je, trop sûre de moi pour ne pas m'inquiéter d'avoir été si vite désarmée. Dis-moi que le loup ne doit pas avoir peur de la brebis. Dis-moi que le chasseur ne tombe jamais dans ses propres pièges. Dis-moi qui est cet enfant dont le rire s'étonne quand il devine son prochain bonheur. Dis-moi que les rêves ne sont pas des mirages qui s'évanouissent quand on croit les étreindre…

L'amour est là, dans mes yeux et les tiens, dans le regard de chacun et de tous…

Il est là, dans mon cœur, dans le vôtre…
Il est là, pour vous, dans les pages de ce livre..
Parce que je t'aime…
Parce que je vous aime.

Natacha Amal

C'est merveilleux
Quand on est tous les deux.
Le bonheur nous surveille.
C'est merveilleux
Quand on est amoureux.
Les beaux jours se réveillent.
C'est merveilleux.
La vie est peinte en bleu,
À grands coups de soleil.
Puisque je t'aime
Et que tu m'aimes,
C'est merveilleux.

Édith Piaf

Aimer, c'est n'avoir plus droit au soleil de tout le monde. On a le sien.

Marcel Jouhandeau

L'Amour est la plus universelle, la plus formidable et la plus mystérieuse des énergies cosmiques.

Pierre Teilhard de Chardin

Il a tourné sept fois la langue dans ma bouche avant de me parler d'amour.

Jacques Prévert

Voici des fruits, des fleurs, des feuilles
et des branches
Et puis voici mon cœur,
qui ne bat que pour vous.

Paul Verlaine

On ne voit bien qu'avec le cœur.
L'essentiel est invisible pour les yeux.

Antoine de Saint-Exupéry

Sans mystère, il n'y a pas d'amour.

Jean Dutourd

L'amour, c'est être toujours inquiet de l'autre.

Marcel Achard

Vivre est une prière que seul l'amour peut exaucer.

Romain Gary

Quand je suis triste,
je pense à vous, comme
l'hiver on pense au soleil,
et quand je suis gai,
je pense à vous, comme
en plein soleil on pense
à l'ombre.

Victor Hugo

L'amour, c'est l'âme qui ne meurt pas, qui va croissant, montant comme la flamme.

Eugénie de Guérin

L'univers se partage aujourd'hui en deux moitiés pour moi ; l'une qu'elle remplit toute seule, et là est le bonheur, la lumière, l'espérance ; l'autre, où elle n'est pas, et là règnent la désolation et les ténèbres...

Léon Tolstoï

Aimer quelqu'un, c'est espérer en lui pour toujours.

Gabriel Marcel

Le plus parfait amour est le toi
et le moi devenus synonymes.

Robert Sabatier

Car, vois-tu, chaque jour
Je t'aime davantage,
Aujourd'hui plus qu'hier
Et bien moins que demain.

Rosemonde Gérard

Moi, les gestes de l'amour
me mènent à l'enfance.

Philippe Delerm

On a beau faire on a beau dire
Qu'un homme averti en vaut deux
On a beau faire on a beau dire
Ça fait du bien d'être amoureux.

Jacques Brel

Pour posséder, il faut avoir désiré. Nous ne possédons une ligne, une surface, un volume que si notre amour l'occupe.

Marcel Proust

L'amour commence là où commence l'éternité.

Manoel de Abreu

J'ai passé dans tes bras
l'autre moitié de vivre.

Louis Aragon

L'amour est clair comme le jour
L'amour est simple comme le bonjour
L'amour est nu comme la main
C'est ton amour et le mien...

Jacques Prévert

Le jour que tu passes sans amour
Ne mérite pas que le soleil l'éclaire
et que la lune le console.

Omar Khayyàm

Seul l'amour peut garder quelqu'un vivant.

Oscar Wilde

Après, on apprend l'autre. On l'épelle, on le déchiffre. C'est là sans doute le moment le plus merveilleux de l'amour. L'autre devient un continent, un peuple, une langue. On se penche sur ses conjugaisons, ses rites, ses zones interdites, ses fantômes, ses aubes et ses soirs, ses raccourcis et ses détours. On piaffe, on revient en arrière, on s'applique, on s'émerveille. Et quand on commence de se sentir chez soi, alors seulement on découvre le bonheur.

Ève de Castro

Mais tu es plus jolie
que les autres, ta bouche
sent bon – quand tu me touches
la main, j'ai la folie.

Francis Jammes

Tu fais semblant de croire que l'univers gravite autour du soleil, mais tu sais bien que c'est autour de toi.

Miguel Zamacoïs

Le baiser de ton rêve est celui de l'Amour !

Germain Nouveau

C'est peut-être ça, l'amour :
un visage autour de soi
qui se multiplie alors qu'on
est seul !

Georges Schéhadé

Oui pour aimer il faut être trois
L'amour et moi sommes deux sans toi
Sans lui ne restent que toi et moi
Oui pour aimer il faut être trois.

Serge Gainsbourg

Je vous dirai que je t'aimais
Tu me diras que vous m'aimez
Vous me ferez ce que tu peux
Je vous dirai ce que tu veux
Je vous aime d'amour.

Léo Ferré

Le monde a soif d'amour : tu viendras l'apaiser.

Arthur Rimbaud

Longuement j'écoute
En toi respirer mon amour
Tu as en moi mon amour
J'ai ton amour en moi.

Max-Pol Fouchet

J'ai eu longtemps un visage inutile,
Mais maintenant
J'ai un visage pour être aimé,
J'ai un visage pour être heureux.

Paul Eluard

C'est la vraie prière :
La prochaine aime le prochain.
C'est la vraie grammaire :
Le masculin s'accorde avec le féminin.

Guy Béart

Les plus beaux actes d'amour sont ceux accomplis dans le secret du cœur, ils ne s'oxydent pas.

Jean Guitton

Tu murmures à mon oreille. C'est le monde entier que tu me demandes !

Paul Claudel

Mon amour s'est transformé en flamme, et cette flamme consume peu à peu ce qui est terrestre en moi.

Novalis

L'absence ni le temps ne sont rien
quand on aime.
Tant que mon cœur battra,
Toujours il te dira :
Rappelle-toi.

Alfred de Musset

Je ne connais
qu'un seul devoir,
et c'est celui d'aimer.

Albert Camus

Je te reconnaîtrai au profond des paupières
Je fermerai les yeux tu me prendras la main...

Claude Roy

L'amour vit l'instant présent, ne se retourne pas sur le passé ni ne s'inquiète de l'avenir. L'amour c'est MAINTENANT !

Léo Buscaglia

Nous aurons des lits pleins d'odeurs légères...

Charles Baudelaire

Comprendre, c'est déjà aimer.

Georges Bernanos

Le plus grand bien que nous ait jamais donné l'amour, c'est de nous avoir fait croire à l'amour.

Paul Géraldy

C'est toujours la même chanson,
Ô mon amour, que je fredonne :
Tout ce que j'ai je te le donne,
Nos cœurs battent à l'unisson.

Francis Carco

Quand vous pensez mourir
Voici qu'un autre amour surgit
C'est l'amour de votre vie
Tout comme le premier
Et ces chagrins passés
Et ces larmes données
Pour un autre que toi
Tout s'efface, tout meurt
Je n'ai d'autre bonheur
Que des larmes de joie.

Serge Gainsbourg

Je n'ai tant de chance que parce que tu m'aimes.

Goethe

– Le sage doit rechercher le point de départ de tout désordre.
– Où ?
– Tout commence par le manque d'amour.

Mo-tzu

Nous n'habitons pas des régions.
Nous n'habitons même pas la terre.
Le cœur de ceux que nous aimons
est notre vraie demeure.

Christian Bobin

Je m'aperçus bientôt que l'amour ressemble à la soif : une goutte d'eau l'augmente.

Nicolas Restif de la Bretonne

Si tu ne te souviens pas de la moindre folie que l'amour t'ait jamais inspirée, c'est que tu n'as pas aimé.

William Shakespeare

Les amoureux sont comme les somnambules ; ils ne voient pas seulement avec les yeux, mais avec le corps tout entier.

Jules Barbey d'Aurevilly

Ce que je serais capable d'abandonner pour toi est chaque jour plus terrible, et pourtant je l'abandonnerais simplement pour une heure comme celle que nous avons vécue hier.

Anaïs Nin

Le hasard a voulu que rien ne m'intéresse dans la vie : ni la politique, ni la science, ni la philosophie, ni le souci du bonheur futur de l'humanité ; pour moi, toute la vie se résume en votre personne.

Alexandre Kouprine

Je ferai l'été en novembre
J'la réchaufferai pour pas qu'elle tremble
J'inventerai les mots du silence
J'lui f'rai du bleu sur des mots tendres
J'apprendrai à vivre autrement
À sa façon et loin des gens
J'irai chercher l'inaccessible
L'infiniment sentimental
Pour elle...

Richard Cocciante

Dans les draps de ses yeux qui rêvent
Moi

Paul Eluard

L'amour est cette merveilleuse chance qu'un autre vous aime encore quand vous ne pouvez plus vous aimer vous-même.

Jean Guéhenno

Un couple qui réussit est un peu plus qu'un homme plus une femme. C'est un équilibre et un mouvement un peu mystérieux.

François Nourissier

Se faire aimer, c'est ramasser des trésors de bonheur pour l'hiver.

François Droz

L'amour, c'est quand la différence ne sépare plus.

Jacques de Bourbon-Busset

À tout être qui vit en ce monde il existe un autre qui lui correspond. Ces deux êtres, de toute éternité, s'appartiennent l'un à l'autre. Que ces deux êtres se rencontrent, aussitôt ils se reconnaissent, chacun possède la clé de l'autre.

Paul Claudel

Personne ne saurait dire ce qu'est l'amour ni personne expliquer sur quoi est fondée cette délicieuse foi qu'un être est créé pour le bonheur d'un autre.

Henrik Ibsen

L'amour est une maison
Dont les portes qui grincent écrivent des chansons
Où l'amour est une saison
Qui fait fondre la neige et lever les moissons...
L'amour est une maison
Où l'été, le printemps sont les seules saisons.

Yves Duteil

Tu es ma joie, tu es ma peine,
Tu es ma chanson, ma couleur
Et, dans la douceur de mes veines,
Le sang qui fait battre mon cœur.

Maurice Carême

Nous ne nous ennuyons jamais ensemble... C'est la meilleure façon de s'aimer.

Marcel Jouhandeau

Le ciel bleu sur nous peut s'écrouler
Et la terre peut bien s'effondrer
Peu m'importe si tu m'aimes
Je me fous du monde entier.
Tant qu'l'amour inondera mes matins
Que mon corps frémira sous tes mains
Peu m'importe les grands problèmes
Mon amour puisque tu m'aimes.

Édith Piaf

Aimer, c'est ne plus comparer.

Bernard Grasset

Vous voulez vous aimer : aimez-vous donc dans les autres ; car votre vie est dans les autres, et sans les autres votre vie n'est rien.

Pierre Leroux

Toute ma vie t'écoute
et je ne peux détruire
les terribles loisirs
que ton amour me crée.

Paul Eluard

Quand on aime, n'est-ce pas ? on ne le fait pas exprès... Je ne peux pas plus t'empêcher d'aimer quelqu'un qu'empêcher la terre de tourner...

Colette

Aimer un être, c'est le rendre transparent.

Victor Hugo

De quelle étoile
es-tu venue
pour m'emporter si loin ?

Jacques Salomé

Hors ta présence
il n'y a en moi
qu'un énorme poing fermé
qui me fait mal.

Alain Borne

Mon enfant, ma sœur,
Songe à la douceur
D'aller là-bas vivre ensemble...

Charles Baudelaire

On n'aime vraiment que lorsqu'on aime sans raison.

Anatole France

L'amour n'est que le roman du cœur, c'est le plaisir qui en est l'histoire.

Beaumarchais

Un mot d'amour, un battement de cœur,
pourquoi en vouloir plus ?

Jules Roy

Je sais ta bouche sur ma bouche
Je sais tes yeux, ton rire, ta voix
Je sais le feu quand tu me touches,
Et je sais le bruit de ton pas.

Barbara

Aimer, c'est savourer, aux bras d'un être cher,
La quantité de ciel que Dieu mit dans la chair.

Victor Hugo

L'amour est un fleuve où
les eaux de deux rivières se
mêlent sans se confondre.

Jacques de Bourbon-Busset

L'amour c'est le corps qui s'émeut en même temps que l'intelligence...

Georges Perros

Les amoureux qui s' bécott'nt sur les bancs publics,
Bancs publics, bancs publics,
En s' disant des « Je t'aim' » pathétiqu's
Ont des p'tites gueul' bien sympathiqu's.

Georges Brassens

Au printemps tu verras, je serai de retour,
Le printemps c'est joli pour se parler d'amour

Barbara

Ne te courbe que pour aimer.

René Char

Pour nous découvrir, il faudra les yeux de l'amour. Nous ne serons perceptibles qu'à l'amour.

François Mauriac

Seul mérite l'amour et la vie celui qui quotidiennement doit les conquérir.

Goethe

Et maintenant aimons-
nous à toute vapeur
Comme deux trains
lancés l'un contre l'autre
à même voie...

Pierre Albert-Birot

Comment me serais-je douté que tu étais fait à la taille de mon corps même. Tu me plais. Quel événement. Tu me plais. Quelle lenteur tout à coup. Quelle douceur. Tu ne peux pas savoir. Tu me tues. Tu me fais du bien.

Marguerite Duras

L'amour jaillit comme l'étincelle et saute comme le vent, il a la mobilité du nuage, de la flamme et de l'eau ; le caprice est son maître, il ne se plaît que dans la liberté, son indépendance le perpétue et il n'a l'air de mourir si souvent que pour ressusciter plus d'une fois.

Henri Lavedan

Entends le bruit de l'eau... C'est comme des chansons,
C'est comme nos baisers, quand nous nous embrassons.

Charles Cros

L'amour fit en lui ce qu'il fait en tous les autres ; il lui donna l'envie de parler...

Madame de La Fayette

Quand on aime, on est toujours saoul, ou bien c'est de trop ou bien c'est de manque !

Christiane Rochefort

Il n'y a pas cinq ou six
merveilles dans le monde,
mais une seule : l'amour.

Jacques Prévert

Ce que l'homme ici-bas appelle le génie,
C'est le besoin d'aimer ; hors de là, tout est vain.

Alfred de Musset

Le plus beau moment de l'amour, c'est quand on monte l'escalier.

Georges Clemenceau

Ne m'aimez pas comme l'argent :
On l'échange pour du riz.
Aimez-moi comme un petit crabe :
On le mange jusqu'aux pattes.

Jean Paulhan

J'ai tout appris de toi sur les choses humaines
Et j'ai vu désormais le monde à ta façon
J'ai tout appris de toi comme on boit aux fontaines
Comme on lit dans le ciel les étoiles lointaines
Comme au passant qui chante on reprend la chanson
J'ai tout appris de toi jusqu'au sens du frisson

Louis Aragon

J'ai perdu tout le temps que j'ai passé sans aimer.

Le Tasse

L'essentiel est à mes yeux ceci : aimer un être n'est pas le tenir pour merveilleux, c'est le tenir pour nécessaire.

André Malraux

Croquer de ton jardin tous les fruits de tendresse
Sur ta peau qui frissonne au fil de mes baisers
Y goûter la folie qui mène à la sagesse
Et cueillir un soleil qui passe à ma portée.

Yves Duteil

Aimer quelque chose et l'embellir, c'est tout un.

Robert Musil

De toutes les choses qui remuent le monde et qui agitent le cœur des hommes, l'amour est la seule qui se passe d'explication, et n'en veuille pas.

André Frossard

Et je sens des baisers qui me viennent aux lèvres...

Arthur Rimbaud

Mais l'amour tient dans son poing fermé les clefs de l'avenir et du passé. Il réduit à ceux qui s'aiment la totalité...

Jean d'Ormesson

Je me disais qu'il était doux d'être aimé, même avec exigence ; je sentais que je lui faisais du bien : son bonheur m'était nécessaire, et je me savais nécessaire à son bonheur.

Benjamin Constant

Aimez, aimez, tout le reste n'est rien.

Jean de La Fontaine

Tu sais, petite, la pâtisserie
et l'amour, c'est pareil -
une question de fraîcheur
et que tous les ingrédients,
même les plus amers,
tournent au délice.

Christian Bobin

– Est-ce que mes yeux sont beaux ?
– Les autres reçoivent la lumière mais les tiens la donnent.

Paul Claudel

On ne sait jamais pourquoi l'on tombe amoureux de quelqu'un : c'est même à cela qu'on reconnaît qu'on l'aime.

Alfred Capus

Un baiser apaise la faim, la soif. On y dort. On y habite. On y oublie.

Jacques Audiberti

Notre amour reste là
Têtu comme une bourrique
Vivant comme le désir
Cruel comme la mémoire
Bête comme les regrets
Tendre comme le souvenir
Froid comme le marbre
Beau comme le jour
Fragile comme un enfant
Il nous regarde en souriant
Et il nous parle sans rien dire...

Jacques Prévert

L'amour, lui, c'est une possession instantanée, mais pleine, mais surabondante, de tout ce qui nous dépasse. C'est notre minute d'éternité.

Paul Bourget

Faut dire qu'elle mérite bien
Qu'j'y consacre une chanson,
Vu que j'suis amoureux d'elle,
Un peu comme dans les films
Où y a tout plein de violons
Quand le héros y meurt
Dans les bras d'une infirmière
Qu'est très belle et qui pleure.

Renaud

De moi vers toi
Il n'y a qu'un pas,
Si ridicule
Si minuscule
Si plein de toi.
Si seulement tu voulais
M'apprendre à marcher.

Sylvie Bouteloup

Mes mains
Dessinent dans le soir
La forme d'un espoir
Qui ressemble à ton corps.

Pierre Delanoë

L'amour est comme le feu, s'il n'est pas alimenté, il s'éteint.

Mikhaïl Lermontov

Je ne dirai pas les raisons que tu as de m'aimer. Car tu n'en as point. La raison d'aimer, c'est l'amour.

Antoine de Saint-Exupéry

En amour un silence vaut mieux qu'un langage... Il y a une éloquence de silence qui pénètre plus que la langue ne saurait faire.

Blaise Pascal

J'ai appris de toi l'absolu
du présent
l'intensité du désir
le précieux des souvenirs
et l'infinie douceur de l'attente.

Jacques Salomé

Dans la vie, il y a le bonjour, le matin et le soir. Il y a le bonheur aux aguets dans l'ombre et qui veille.
Dans la vie, il y a les nuages, les arbres, les visages. Dans la vie, il y a toi.

Jean Malrieu

Je t'aime pour le sel qui tache ta vertu
Et qui fait un champ d'ombre où ma bouche repose
Pour ce je ne sais quoi dont ma lèvre têtue
S'entête à recouvrer le sens et puis la cause.

Léo Ferré

Rien au monde ne vaut qu'on se détourne de ce qu'on aime.

Albert Camus

En bonne arithmétique, un plus un égale tout et deux moins un égale rien.

Ninon de Lenclos

L'amour, après tout, n'est qu'une curiosité supérieure, un appétit de l'inconnu qui vous pousse dans l'orage, poitrine ouverte et tête en avant.

Gustave Flaubert

Je m'éclaire longuement avec l'or
Que je trouve au fond d'une étreinte.

Lucien Becker

Chaque baiser est un tremblement de terre.

Lord Byron

À force de t'avoir aimée pour ce que tu n'étais pas, j'ai appris à te chérir pour ce que tu es.

François Mauriac

Il faut me jurer de m'aimer
Tout le temps que ta main dans la mienne
Défendra notre amour de la haine
Que la joie finira par calmer.
Il faut me jurer de m'aimer
Tout le temps que le sang dans nos veines
Rythmera nos bonheurs et nos peines,
Dans la paix que nous aurons trouvée.

Boris Vian

Je ne sais rien d'elle, sinon
Qu'en me penchant sur sa main nue,
Pendant qu'on me disait son nom,
Tout à coup, je l'ai reconnue.

Fernand Divoire

Le baiser frappe comme la foudre, l'amour passe comme un orage...

Guy de Maupassant

L'amour, c'est le soleil brillant après l'orage.

William Shakespeare

L'amour est complet quand il n'y a plus de place à l'intérieur du cœur.

Pierre Dac

C'est, autant qu'il m'en souvienne,
La premièr' peine
Que tu me fais
J'aim'rais tant que tu reviennes
Pour me faire la deuxième...

Serge Reggiani

L'amour, c'est beaucoup plus que l'amour.

Jacques Chardonne

Aucun des mots ne peut s'user
que j'emploie pour nommer mon
amour et ta bouche en relève sur
ma bouche une trace qui se
décalque à travers nos baisers.

Lucien Becker

Et je vous donnerai l'enfant
Que vous n'avez jamais été

Je vous aime d'amour...

Léo Ferré

Aimer. Voilà bien le seul verbe qui, en tout lieu, en tout temps, du plus mauvais sujet fasse un bon complément.

Hervé Bazin

C'est comme un second être en moi
Le bonheur de t'aimer.

Nazim Hikmet

On laissait des traces derrière nous comme
des baisers
Des mots d'amour suspendus...

Michel Jonasz

Par la caresse nous sortons de l'enfance, mais un seul mot d'amour et c'est notre naissance.

Paul Eluard

Des milliers et des milliers d'années
Ne sauraient suffire
Pour dire
La petite seconde d'éternité
Où tu m'as embrassé
Où je t'ai embrassée
Un matin dans la lumière de l'hiver
Au parc Montsouris à Paris
À Paris
Sur la terre
La terre qui est un astre.

Jacques Prévert

Je voudrais croire encore à ces instants de trêve
Où plus rien en dehors ne peut nous arriver
Quand nos regards se perdent au plus profond du rêve
Que nos heures se confondent avec l'éternité.

Yves Duteil

Aimer beaucoup, comme c'est aimer peu !
On aime, rien de plus, rien de moins.

Guy de Maupassant

Qu'est-ce que ton baiser ?
Un lèchement de flamme.

Victor Hugo

Rien n'est plus proche
de l'absolu qu'un amour
en train de naître.
Le stupéfiant,
le merveilleux, c'est que
cet absolu naît du hasard.

Jean d'Ormesson

Pareilles à tes mains
les nuances de tes yeux
sont des caresses
et me donnent des frissons.

Francis Picabia

L'amour nous plaît, son bruit de chaînes et ses fruits de saison. Et tant mieux. Rien n'est plus désolant que de détester l'amour.

Marie Desplechin

Aimer sans doute est le possible le plus lointain.

Georges Bataille

L'énoncé d'un fait serait : celle que j'aime n'est pas avec moi, alors je me sens bien seul...
Un seul être vous manque et tout est dépeuplé est l'art de dire immensément.

Elsa Triolet

Un amour débordant, c'est un torrent qui sort de son lit pour entrer dans un autre.

Pierre Dac

L'amour, cette absence de mémoire, ne retient de nous que notre éternité.

Henri Petit

Tendre l'autre joue
quand on s'embrasse l'une
Pondre des poutous
comme un prunier des prunes
Se voler dans les plumes
à coups de bisous doux
On ne sait pas tout
ce que l'on peut apprendre
D'un regard très doux,
d'un sourire si tendre
C'est simple à comprendre
Pourtant ça vient l'on ne sait d'où...

Claude Nougaro

Exister, c'est être voulu.

Octave Hamelin

On a fait l'amour aveugle, parce qu'il a de meilleurs yeux que nous.

Jean-Jacques Rousseau

Il n'est de grand amour qu'à l'ombre d'un grand rêve.

Edmond Rostand

L'amour est la poésie des sens.

Honoré de Balzac

Moi mon amour pour toi
Je crois bien qu'il va
Jusqu'au bout du monde et de la mer
Et du soleil et jusqu'au bout des étoiles
Au-delà du fond des galaxies
Dans l'infini de l'univers sidéral.

Yves Duteil

Amour amour amour jamais
Une seule condition
que ce soit à jamais...

Jane Birkin

L'amour n'est lui-même que la poésie la plus haute de la nature.

Novalis

L'amour est aveugle ? Quelle plaisanterie ! Dans un domaine où tout est regard !

Philippe Sollers

Les passions sont aux sentiments ce que la pluie est à la rosée, ce que l'eau est à la vapeur.

Joseph Joubert

Le sens du baiser est :
vous êtes pour moi
une nourriture.

Henry de Montherlant

Il faut me jurer de m'aimer
Tout le temps qu'un printemps plein de rires
Renaîtra chaque année pour nous dire
Que voici la saison des baisers.

Boris Vian

Quand on aime quelqu'un, on a toujours quelque chose à lui dire ou à lui écrire, jusqu'à la fin des temps.

Christian Bobin

C'est à partir de toi que j'ai dit oui au monde.

Paul Eluard

Quand il me prend dans ses bras
Qu'il me parle tout bas
Je vois la vie en rose
Il me dit des mots d'amour
Des mots de tous les jours
Et ça me fait quelque chose
Il est entré dans mon cœur
Une part de bonheur
Dont je connais la cause
C'est lui pour moi, moi pour lui, dans la vie
Il me l'a dit, l'a juré, pour la vie
Et dès que je l'aperçois
Alors je sens en moi
Mon cœur qui bat.

Édith Piaf

La courbe de tes yeux
fait le tour de mon cœur.

Paul Eluard

Pendant des années nous avons ressenti qu'à partir de notre amour nous pourrions construire. Construire des enfants, un métier, des amitiés, des maisons et peut-être aider à construire un monde meilleur. Le temps de l'accomplissement est venu. Nous sommes des architectes émerveillés.

Anne Philipe

L'absence n'est-elle pas pour qui aime la plus certaine, la plus efficace, la plus vivace, la plus indestructible, la plus fidèle des présences ?

Marcel Proust

Je veux sceller au tien mon visage
afin que je puisse mourir en toi
au moment où il ne restera autour de moi
que le ciel grand ouvert de ton regard.

Lucien Becker

Le seul transformateur, le seul alchimiste qui change tout en or, c'est l'amour. Le seul antidote contre la mort, l'âge, la vie ordinaire, c'est l'amour.

Anaïs Nin

Pourquoi t'emmener dans un pays lointain
Puisque je saisis dans tes yeux
la pulsation de l'univers...

Làszlò Tuza

Un baiser, mais à tout prendre, qu'est-ce ?
Un serment fait d'un peu plus près, une promesse
Plus précise, un aveu qui veut se confirmer,
Un point rose qu'on met sur l'i du verbe aimer.

Edmond Rostand

Si tu m'aimais, et si je t'aimais, comme je t'aimerais !

Paul Géraldy

Je t'attendais ainsi qu'on attend les navires...
Je t'attendais et tous les quais toutes les routes
Ont retenti du pas brûlant qui s'en allait
Vers toi que je portais déjà sur mes épaules
Comme une douce pluie qui ne sèche jamais...

René Guy Cadou

Les horloges sont arrêtées
Tu peux tout concevoir en un instant d'amour.

Patrice de La Tour Du Pin

Bien aimer, c'est aimer follement.

André Suarès

Chaque seconde est un baiser
La terre a cessé de tourner
Vous avez su m'apprivoiser.

Jeanne Moreau

Quand tu parles les acacias fleurissent
Quand tu pleures il y a éclipse de soleil
Mais quand tu souris naissent des nouvelles étoiles.

Yvan Goll

Que reste-t-il de la vie,
Excepté d'avoir aimé ?

Victor Hugo

L'amour sort du futur avec un bruit de torrent, et il se jette dans le passé pour se laver de toutes les souillures de l'existence.

André Pieyre de Mandiargues

Une certaine idée de l'amour est une preuve de civilisation raffinée, comme la belle prose.

Jacques Chardonne

Je respire bien moins en moi-même qu'en toi.

Jean Racine

Quand je lève
les yeux vers vous
On dirait que
le monde tremble.

Antonin Artaud

Je t'aime, je t'aime, je t'aime, et j'écrirais cela toute la nuit que je n'aurais pas dit encore combien je t'aime.

Rémy de Gourmont

À qui n'a pas l'amour la lumière est offense...

Charles Le Quintrec

Parce que j'ai voulu te redire Je t'aime
Et que ce mot fait mal quand il est dit sans toi.

Louis Aragon

J'aime que tu sois loin
Pour t'aimer de plus près.
J'aime que tu sois loin
Pour décomposer la distance
Du seul baiser qui te rejoint.

Pierrette Micheloud

Tu es la saveur de mon pain,
Le dimanche de ma semaine,
Tu es la ligne du destin
Que l'on peut lire dans ma main.

Maurice Carême

L'amour est l'évidence de la vie.

Lanza del Vasto

« Boum ! » Quand notre cœur fait « Boum ! »
Tout avec lui dit « Boum ! »
Et c'est l'amour qui s'éveille !

Charles Trénet

– Toi, je t'aimerai toujours, dis-je.
Elle se retourne contre le mur, et elle dit seulement :
– Contente-toi de m'aimer tous les jours.

Daniel Pennac

Je suis le gardien
Du sommeil de ses nuits
je l'aime à mourir.

Francis Cabrel

Je te donnerai
À chaque seconde
Tout l'amour du monde
Qui sommeille en moi
Je te donnerai
Toutes les richesses
Que notre jeunesse
Garde au fond de soi

Charles Aznavour

La passion reste en suspens dans le monde, prête à traverser les gens qui veulent bien se laisser traverser par elle.

Marguerite Duras

Partons, dans un baiser, pour un monde inconnu.

Alfred de Musset

Quant à moi je t'aime
Peut-être un peu plus que moi-même...

Serge Gainsbourg

Tout le travail de l'amour consiste à oublier d'un être ce qu'on en savait au premier jour.

Jean Rostand

J'ai fait le tour de ton amour au grand complet
Et j'ai fermé la porte à clé sur nos secrets
C'est un drôle de jardin rempli de tout ce qui
N'est rien pour les autres et qui pour nous est la vie.

Yves Duteil

Je cherche un être à envahir.

Henri Michaux

Vous demandez comment le sentiment d'aimer pourrait survenir. Elle vous répond : peut-être d'une faille soudaine dans la logique de l'univers.

Marguerite Duras

La meilleure preuve qu'on aime quelqu'un, c'est qu'on voudrait que tout le monde à partir de cet instant soit vraiment heureux.

Laurence de Bourbon-Busset

Se laisser aimer, c'est aimer déjà.

Henry de Montherlant

Ils sont liés l'un à l'autre. Et personne ne sait rien de ces liens sauf eux deux.

Katherine Mansfield

Ce n'est pas un travail vite fait que d'aimer.

Marie Noël

Il n'y a pour moi dans la vie, et par conséquent dans sa forme la plus haute, l'amour, que des êtres égaux et libres. On n'a de droits sur la personne qu'on aime, que ceux qu'elle vous donne. Et c'est seulement de l'heure où l'on s'est donné l'un à l'autre que l'on devient comptable, l'un vis-à-vis de l'autre.

Victor Marguerite

Plus je vais, le grand amour, j'ai bien peur que ça existe vraiment.

Louis Scutenaire

J'ai voyagé sur ton souffle jusqu'aux lointains de l'amour.

Louise de Vilmorin

L'amour n'est pas accompli le jour où il naît. L'amour est un arbre qui pousse avec lenteur, une chose vivante, et la vie ne connaît point l'immobilité.

Han Suyin

Avoir besoin qu'on ait sans cesse besoin de nous, c'est presque tout l'amour.

Jean Rostand

L'enfance continuée longtemps après l'enfance : c'est ce que vivent les amoureux, les écrivains et les funambules.

Christian Bobin

L'amour seul connaît le secret de s'enrichir en donnant.

Clemens Brentano

L'amour c'est quand le temps
Se transforme en mémoire
Et nous fait le présent
D'un passé plein d'espoir...

Yves Duteil

« Infiniment plus que tout » : c'est le nom enfantin de l'amour, son petit nom, son nom secret.

Christian Bobin

L'amour rend aveugle, l'amour doit rendre aveugle ! Il a sa lumière propre. Éblouissante.

Daniel Pennac

Savez-vous bien ce que c'est qu'aimer ?
C'est mourir en soi pour revivre en autrui...

Honoré d'Urfé

L'amour est l'ultime signification de tout ce qui nous entoure. Ce n'est pas un simple sentiment, c'est la vérité, c'est la joie qui est à l'origine de toute création.

Rabindranàth Tagore

Et je voudrais passer la mer, franchir les montagnes, traverser les villes, rien que pour poser ma main sur votre épaule, pour respirer le parfum de vos cheveux.

Guy de Maupassant

Mais on ne dit pas assez que ce que nous pouvons faire de mieux pour ceux qui nous aiment, c'est encore d'être heureux.

Alain

La même innocence
Les faisait trembler
Devant le merveilleux
Le miraculeux voyage
De l'amour.

Claude Delecluse

Je sais bien que le bonheur est passager
Mais après les nuages
Mais après l'orage
On voit se lever joyeux
L'arc-en-ciel dans vos yeux.

Charles Trenet

Nous n'avons rien à nous dire, tant nous sommes près l'un de l'autre.

Pierre Louÿs

C'est là le fond de la joie d'amour, lorsqu'elle existe : nous sentir justifiés d'exister.

Jean-Paul Sartre

Le cœur à l'infini
Les yeux dans les étoiles
L'amour me fait une âme.

Charles Le Quintrec

Quand on aime, l'amour est trop grand pour pouvoir être contenu tout entier en nous ; il irradie vers la personne aimée, rencontre en elle une surface qui l'arrête, le force à revenir vers son point de départ, et c'est ce choc en retour de notre propre tendresse que nous appelons les sentiments de l'autre et qui nous charme plus qu'à l'aller, parce que nous ne reconnaissons pas qu'elle vient de nous.

Marcel Proust

J'aime, donc je suis. Dès que je cesse d'aimer, je cesse d'être.

Gilbert Cesbron

Et si l'univers est tout amour, que craindre ? Rencontrer plus d'amour encore… Un amour qui irait jusqu'à nous anéantir, pour nous mettre éternellement à l'abri de l'inquiétude et des élancements…

Robert Kemp

Oui, de toi tout me vient, à toi je veux tout rendre,
Et les biens que je donne, et ceux que je reçois,
Et cet accent du cœur que tes yeux font si tendre
Et qui tremble en ma voix.

Ulrich Guttinguer

Il y a autant de lettres dans Femme que dans Amour !

Xavier Forneret

L'amour ne pèse pas, cette branche ne casse que si l'oiseau posé sur elle s'envole, « ce qui peut me briser, ce n'est pas que tu t'appuies trop sur moi, c'est que tu m'abandonnes. »

Gustave Thibon

Le vrai bonheur est de mettre son bonheur dans le bonheur d'un autre.

Jacques de Bourbon-Busset

La terre est ronde pour ceux qui s'aiment.

Jean Giraudoux

Tu ne sens donc pas que l'amour, le vrai, porte en lui une si rayonnante lumière qu'il efface toute ombre !

Victor Marguerite

La seule force, la seule valeur, la seule dignité de tout, c'est d'être aimé.

Charles Péguy

En dehors de l'amour, un homme ne vit pas :
il s'agite.

Maurice Toesca

Ma main a besoin de ta main
Pour parcourir la vie
Et flâner en chemin
Mes yeux ont besoin de tes yeux
Pour fouiller l'horizon
D'un amour sans limite
Mon cœur a besoin de ton cœur
Pour rythmer l'harmonie
De l'élan de nos cœurs
Ma voix a besoin d'un écho
Et l'écho c'est ta voix
Qui s'unit à ma voix
Ma main a besoin de ta main
Pour faire le parcours
Qui conduit à l'amour.

Charles Aznavour

Je l'aime,
Je l'aime, l'aime
Comme deux et deux font
cinq ou six ou sept.

Jacques Brel

Choisissez bien les mots
Dirigez bien vos gestes
Ni trop lents, ni trop lestes
Sur ma peau...

Juliette Gréco

Aimer, c'est donner raison à l'être aimé qui a tort.

Charles Péguy

Vivre c'est pour apprendre
À bien poser sa tête
Sur un ventre de femme.

Eugène Guillevic

Son cœur toujours à amadouer
l'aimer un défi qui m'effare
mais pour moi, dussé-je m'y brûler,
rien d'autre ne peut compter...

Julien Clerc

Il n'y a pas d'autre mort que l'absence d'amour.

René Barjavel

Tous les maux de l'enfer ne sont rien qu'une absence.

Étienne Durand

Moi je sais un pays
Qui est bien loin d'ici
Où la mer et la vie
Et l'amour sont unis...

Félix Leclerc

Quand on n'aime pas trop,
on n'aime pas assez.

Roger de Bussy-Rabuttin

L'amour, c'est un problème résolu à l'infini.

Vladimir Jankélévitch

Il faudrait que la vie avec la créature que nous aimons fût une longue sieste au soleil, une quiétude animale : cette certitude qu'un être est là, à portée de notre main, accordé, soumis, comblé ; et que pas plus que nous-même il ne saurait désirer être ailleurs.

François Mauriac

On ne fait pas l'amour, c'est lui qui nous fait.

André Hardellet

Ouvre ta main et tu verras
qu'une étoile s'est formée
entre la ligne de vie
et celle d'amour...

Abdellatif Laâbi

Et ce qu'il y a de très beau, c'est que les paroles d'amour sont suivies de silences d'amour.

Edgar Morin

Il suffit d'un baiser
pour apprendre l'amour.

Max-Pol Fouchet

Le bonheur ne se multiplie qu'en se divisant.

Gilbert Cesbron

Puisse mon amour, tel le soleil, vous enlacer de lumière et vous laisser pourtant une radieuse liberté.

Rabindranàth Tagore

Je vous aime mille fois plus que je ne vous aimais ; je ne crois pas que mon sentiment puisse augmenter encore beaucoup : l'excès même a des bornes.

Ninon de Lenclos

Et je souris d'un air tremblant
D'avoir fait le rêve touchant
De rêver ma vie en la tienne.

Léon Deubel

Aimer, c'est permettre d'abuser.

Pierre Reverdy

Aimer jusqu'à la déchirure
Aimer, même trop, même mal,
Tenter, sans force et sans armure,
D'atteindre l'inaccessible étoile...

Jacques Brel

Je n'y peux rien. Je t'aime. Je te veux. Tu es mon pain et mon vin, tu fais fonctionner cette foutue machine, pour ainsi dire... Je me sens proche de toi, je ne forme qu'un avec toi, tu es à moi, que cela soit admis ou pas. Chaque jour d'attente est pour moi une torture. Je les compte lentement, douloureusement.

Henry Miller

Avec tout l'argent du monde, on ne fait pas des hommes, mais avec des hommes et qui aiment, on fait tout.

L'abbé Pierre

Parlez-moi d'amour
Redites-moi des choses tendres.
Votre beau discours
Mon cœur n'est pas las de l'entendre
Pourvu que toujours
Vous répétiez ces mots suprêmes :
Je vous aime.

Jean Lenoir

La vraie maison de l'amour est toujours une cachette.

Romain Gary

C'est parce que dans mes reins
Quand ton souffle me frôle,
C'est parce que tes mains
C'est parce que joue et joue
C'est parce qu'au matin
C'est parce qu'à la nuit
Quand tu me dis viens, je viens
Tu souris, je souris.

Barbara

Aimer, c'est bien, savoir aimer, c'est tout.

François René de Chateaubriand

Nous avons tous une fois une chance d'amour, il faut l'accrocher, cette chance, quand elle passe, et construire son amour humblement, impitoyablement, même si chaque pierre en est une année ou un crime.

Jean Anouilh

Les maisons peuvent brûler, les fortunes sombrer, les pères revenir de voyage, les empires crouler, le choléra ravager la cité, l'amour poursuit son vol, comme la nature sa marche, comme cet effroyable acide que la chimie a découvert et qui peut trouer le globe si rien ne l'absorbe au centre.

Honoré de Balzac

Personne ne saura jamais combien de romans, de poèmes, d'analyses, de confessions, de douleurs et de joies ont été entassés sur ce continent de l'amour sans qu'il ait jamais été totalement exploré.

Heinrich Böll

Vous pouvez déjà faire circuler cette rumeur
Ces deux-là c'est comme deux vaisseaux dans un seul cœur
C'qu'il aurait fallu d'amour pour qu'il y en ait sur toute la terre
Est partagé seul'ment entre ces deux propriétaires...

Michel Jonasz

Tes yeux sont si profonds que
j'y perds la mémoire.

Louis Aragon

Elle se répand dans ma vie
Comme un air imprégné de sel,
Et dans mon âme inassouvie
Verse le goût de l'éternel.

Charles Baudelaire

Je vous cherche toujours, et je trouve que tout me manque, parce que vous me manquez.

Marquise de Sévigné

La loi d'amour est la seule loi de vie ; la loi qui fait que chacun sent en soi l'immense unité humaine, et devient fort autant que tous ensemble.

Alphonse de Chateaubriant

À l'usage des humbles, de ceux qui s'aiment, j'écris que la terre est dure, que tout passe, hormis l'amour.

Jean Malrieu

J'appelle amour ce qui n'a pas d'autre nom.

Jean Giraudoux

Qui de nous deux inventa l'autre ?

Paul Eluard

Il y a seulement de la malchance à n'être pas aimé : il y a du malheur à ne point aimer.

Albert Camus

J'écris tes mains tes bras tes yeux
ta bouche
D'un seul trait qui parcourt en
dément tes mystères.

Louis Aragon

Peut-être bien qu'ailleurs
Une femme a le cœur
Éperdu de bonheur
Comme moi,
Et que d'un geste heureux,
Elle soulève un peu
Le rideau de soie bleue
Comme moi,
Pour regarder en bas
Son Amour qui viendra
La prendre dans ses bras.
Comme moi,
Elle attend son Amour,
Les yeux de son Amour,
Les bras de son Amour,
Comme moi...

Claude Delécluse et Michelle Selis

Il faut s'aimer, et puis
il faut se le dire, et puis
il faut se l'écrire, et puis
il faut se baiser sur la
bouche, sur les yeux,
et ailleurs.

Victor Hugo

Si Dieu a fait un monde d'amour, vous êtes faits pour le retrouver.

Patrice de la Tour du Pin

Je vous aime, vous... parce que vous pensez où je pense, voulez où je veux, aimez où j'aime et qu'il y a entre nous deux cette merveilleuse harmonie.

Marie Noël

On n'aime plus personne dès qu'on aime.

Marcel Proust

Je fais souvent ce rêve étrange et pénétrant
D'une femme inconnue, et que j'aime, et qui m'aime,
Et qui n'est, chaque fois, ni tout à fait la même
Ni tout à fait une autre, et m'aime et me comprend.

Paul Verlaine

Je me sens mal partout, sauf entre tes bras tenu.

Jean Cocteau

Les caresses sont aussi nécessaires à la vie des sentiments que les feuilles le sont aux arbres. Sans elles, l'amour meurt par la racine.

Nathaniel Hawthorne

Je venais de si loin derrière ton visage
Que je ne savais plus à chaque battement
Si mon cœur durerait jusqu'au temps de toi-même
Où tu serais en moi plus forte que mon sang.

René Guy Cadou

L'été l'hiver je t'ai vue
Dans ma maison je t'ai vue
Entre mes bras je t'ai vue
Dans mes rêves je t'ai vue

Je ne te quitterai plus.

Paul Eluard

Sur ma main pose ta main fraîche
Pour que je puisse vivre encor...

Anna de Noailles

L'amour est une lumière dans la grande ombre de la maison
C'est une maison d'ombre dans la grande lumière – Des hommes.

Jean Mayoux

L'amour est une histoire entre l'homme et le ciel.

Charles Le Quintrec

C'est dans l'ombre que les cœurs causent,
Et l'on voit beaucoup mieux les yeux
Quand on voit un peu moins les choses.

Paul Géraldy

Aimer, c'est se donner du mal pour qui l'on aime. L'amour n'existe que s'il est agissant.

Jacques de Bourbon-Busset

Boire tout le temps et faire l'amour en tout temps, madame, il n'y a que ça qui nous distingue des autres bêtes.

Beaumarchais

Il y a autant de manières d'aimer qu'il y a d'envies de le faire.

Sophie Chauveau

Vous êtes un jour naissant. Quand je vous regarde, je crois voir un lever de soleil.

Henrik Ibsen

L'amour, cette passion si visionnaire, exige dans son langage une exactitude mathématique.

Stendhal

Je t'aime jusqu'à te vouloir pour mon enfer.

Yves Florenne

Quand on renonce à aimer pour choisir ce que l'on croit être la sagesse, quand on oublie que la vie est un acte d'amour, un jour vient où l'on découvre que l'on a perdu.

Martin Gray

J'ai le fond de tes yeux pour y chercher de l'or
La couleur de ta peau pour y lire les saisons
Le creux de ton épaule pour ligne d'horizon
Et tout autour de moi tes bras font le décor...

Catherine Le Forestier

C'est à peine si l'on ose dire maintenant que deux êtres se sont aimés parce qu'ils se sont regardés. C'est pourtant comme cela qu'on aime et uniquement comme cela. Le reste n'est que le reste, et vient après.

Victor Hugo

La plus haute récompense de l'amour est l'amour même.

François Cavanna

Il n'y a qu'un remède à l'amour : aimer davantage.

Henry Thoreau

Oui, que ta main sur moi m'impose ta folie.

Paul Valéry

L'Amour, la Poésie, c'est par ce seul ressort que la pensée humaine parviendra à reprendre le large.

André Breton

Il faut aimer au-dessus de ses moyens.

Jacques de Bourbon-Busset

Un infini de passions peut tenir dans une minute.

Gustave Flaubert

Aimer, se sentir jeune et plein d'amour, sentir la nature et ses harmonies palpiter en vous, avoir besoin de cette rêverie, de cette action du cœur, et s'en sentir heureux.

Gustave Flaubert

Les enfants qui s'aiment s'embrassent debout
Contre les portes de la nuit
Et les passants qui passent les désignent du doigt
Mais les enfants qui s'aiment
Ne sont là pour personne...

Jacques Prévert

Vous aviez mon cœur,
Moi, j'avais le vôtre :
Un cœur pour un cœur,
Bonheur pour bonheur !

Marceline Desbordes-Valmore

L'amour, c'est l'espace et le temps rendus sensibles au cœur.

Marcel Proust

Ma vie est ici, où tu es, ma vie est cela et il n'y a pas d'autre vie.

Raul Gustavo Aguirre

Que sont toutes les actions et les pensées des hommes durant des siècles contre un seul instant de l'amour ?

Friedrich Hölderlin

Nous avons fait l'idée de l'amour si belle qu'elle communique de la beauté même à ceux qui en sont totalement dépourvus.

Henry Bataille

L'insolite est inséparable de l'amour, il préside à sa révélation...

André Breton

Quand vous aurez dans votre cœur ce sentiment extraordinaire appelé l'amour, et quand vous pourrez en sentir la profondeur, le délice, l'extase, vous découvrirez que le monde pour vous est transformé.

Krisnamurti

Ils ne comptent pas les années
Ils s'inventent une éternité
Les gens qui s'aiment
Ils marchent à côté de la vie
Et parfois le temps les oublie
Les gens qui s'aiment...

Sophie Makhno

Les mots sont les fruits qui fondent entre nos dents. Pourquoi, du crépuscule à l'aube, dire et redire « je t'aime » ? Pour unir le feu et l'eau, pour, ensemble, vaincre le ressac noir des jours, pour éprouver sans fin la brûlure de la flamme, l'insistante caresse de l'onde.

Nicole Feucher

Comme un ange qui se dévoile,
Tu me regardais dans la nuit,
Avec ton beau regard d'étoile
        Qui m'éblouit.

Victor Hugo

En amour, il ne s'agit pas d'aimer mais de préférer.

Louise de Vilmorin

L'amour s'en va comme cette eau courante
L'amour s'en va
Comme la vie est lente
Et comme l'espérance est violente.

Guillaume Apollinaire

Aimer, c'est s'augmenter en s'oubliant...
C'est donner rendez-vous au bonheur dans le palais du hasard.

Abel Bonnard

L'amour c'est quand tu dis
oui
alors je sens ce oui t'agrandir
et me revenir
étonné
d'avoir été ainsi reçu.

Jacques Salomé

L'art n'est nullement nécessaire.
Tout ce qu'il faut pour rendre ce
monde plus habitable, c'est l'amour.

Isadora Duncan

JE t'aime
TU m'aimes
IL est clair que
NOUS nous amourons
VOUS ne croyez pas qu'
IL Serait temps de nous l'avouer !

Romano Celli

Doutez que les étoiles ne soient de flamme,
Doutez que le soleil n'accomplisse son tour,
Doutez que la vérité ne soit menteuse infâme
Mais ne doutez jamais de mon amour.

William Shakespeare

Et vivre sans aimer n'est pas proprement vivre.

Molière

Une vie usée aux coudes
l'amour la retourne
et elle peut encore servir.

René Laporte

Rien n'est petit dans l'amour. Ceux qui attendent les grandes occasions pour prouver leur tendresse ne savent pas aimer.

Laure Conan

Aimer s'invente à chaque jour. Je viens au monde dans tes bras...

Jean Malrieu

Parler d'amour, c'est faire l'amour.

Honoré de Balzac

Dormir à deux rend la nuit moins opaque.

Malcolm de Chazal

Le ciel ne sera pas le paradis si tu n'y es pas aussi.

Romano Celli

Nous savons maintenant ce que c'est que la nuit
Ceux qui s'aiment d'amour n'ont qu'elle pour adresse.

Louis Aragon

Aimer, c'est trouver, grâce à un autre, sa vérité et aider cet autre à trouver la sienne. C'est créer une complicité passionnée.

Jacques de Bourbon-Busset

Tout est triste dans l'amour ; mais, triste et tout ce que vous voudrez, c'est la meilleure chose qui existe.

R. de Campoamor

Quel plaisir de dire
ce simplistique poème
Je t'aime je t'aime je t'aime
Que les lumières s'éteignent
je t'aime je t'aime
Et que ça nous entraîne,
que ça nous emmène
Quel joli discours
ces mots sans rien autour
Je t'aime je t'aime je t'aime
Quelle émotion belle
quelle douceur extrême.

Alain Souchon

L'amour n'est-il pas dans les espaces infinis de l'âme, comme est dans une belle vallée le grand fleuve où se rendent les pluies, les ruisseaux et les torrents, où tombent les arbres et les fleurs, les graviers du bord et les plus élevés quartiers de roc ? Il s'agrandit aussi bien par les orages que par le lent tribut des claires fontaines. Oui, quand on aime, tout arrive à l'amour.

Honoré de Balzac

Comme il est beau ton cri qui me donne ton silence !

René Char

Le portrait d'un être qu'on aime doit pouvoir être non seulement une image à laquelle on sourit mais encore un oracle qu'on interroge.

André Breton

Nous pouvons vivre seuls, pourvu que ce soit dans l'attente de quelqu'un.

Gilbert Cesbron

L'amour est faible à sa naissance. Il se fortifiera par l'habitude : sache l'alimenter et avec le temps, il deviendra robuste.

Ovide

Il est plus facile de mourir que d'aimer.
C'est pourquoi je me donne le mal de vivre
Mon amour...

Louis Aragon

J'entends vibrer ta voix dans tous les bruits du monde.

Paul Eluard

Avant de te connaître, je mangeais et j'avais faim, je buvais et j'avais soif, bien et mal m'indifféraient, je n'étais pas moi mais mon prochain.

René Char

Le baiser est la plus sûre façon de se taire en disant tout.

Guy de Maupassant

L'Éternité, qu'est-elle donc, sinon le premier instant sans fin d'un premier amour ?

O. V. de L. Milosz

On n'aime vraiment que quand on a fait le tour de la vie, et qu'on sait ce qu'on donne et ce qu'on reçoit ; on n'aime qu'avec la pleine conscience de son être, quand on a éprouvé que rien d'autre, rien, rien, ne vaut la peine de vivre.

Édouard Rod

Quel beau couple nous eussions fait
Toi et moi
Corps unis comme une poignée de main...

Marcel Mariën

Qu'il faut donc aimer quelqu'un
pour le préférer à son absence !

Jean Rostand

Si j'écris
c'est pour créer
quelque chose d'aussi beau que toi.

Léonard Cohen

Nous n'irons pas au but un par un mais par deux
Nous connaissant par deux nous nous connaîtrons tous
Nous nous aimerons tous et nos enfants riront
De la légende noire où pleure un solitaire.

Paul Eluard

L'Amour : une source qui a soif.

Marie Noël

Offre-moi ton regard pour que je voie mieux les choses !

Henri Thomas

L'amour véritable commence où il n'attend rien en retour.

Antoine de Saint-Exupéry

Savez-vous qu'un jour,
L'homme est seul au monde ?
Savez-vous qu'un jour,
Il revoit l'amour ?

Marceline Desbordes-Valmore

Tout à l'heure tu as crié que tu m'aimais, tu as même failli me le dire.

Michel Audiard

Ce n'est pas tellement de liberté qu'on a besoin, mais de n'être enchaîné que par ce qu'on aime.

Pierre Reverdy

Il m'embrassa doucement. Je regardai le ciel, puis je ne vis plus que des lumières rouges éclatant sous mes paupières serrées. La chaleur, l'étourdissement, le goût des premiers baisers, les soupirs passaient en longues minutes.

Françoise Sagan

Renoncer à l'amour me paraissait aussi insensé que de se désintéresser de son salut quand on croit à l'éternité.

Simone de Beauvoir

Tu me fais des nuits et des jours
Et des jours et des nuits d'amour
Toi je le sais tu pourrais même
M'ensoleiller sous la pluie même...

Barbara

Pour être heureux, il faut penser au bonheur d'un autre.

Gaston Bachelard

Je ne veux pas savoir d'où tu nous vins, ni même
Savoir quel est ton nom... Que m'importe ?
Je t'aime.

Charles Cros

Deux moins un, en amour, c'est égal à zéro.

Hervé Bazin

Je te connais
pour t'avoir rêvée mille fois
sous les feuilles de la forêt
dans ce monde
où l'air et l'eau ne pèsent pas.

Jean Breton

Jette ton cœur loin devant toi
Et cours l'attraper.

Proverbe arabe

Seul celui qui aime existe.

Ludwig Feuerbach

Il fallait bien qu'un visage
Réponde à tous les noms du monde.

Paul Eluard

L'amour supplée aux longs souvenirs par une sorte de magie. Toutes les autres affections ont besoin du passé : l'amour crée, comme par enchantement, un passé dont il nous entoure.

Benjamin Constant

Défendre d'aimer... Ce serait défendre à un arbre de porter des feuilles au mois de mai.

Catherine Bernard

Si j'ai aimé de grand amour,
Triste ou joyeux,
Ce sont tes yeux ;
Si j'ai aimé de grand amour,
Ce fut ta bouche grave et douce,
Ce fut ta bouche ;
Si j'ai aimé de grand amour,
Ce fut ta chair tiède et tes mains fraîches,
Et c'est ton ombre que je cherche.

Henri de Régnier

Ce mot, qui retentit, jusque dans le ciel même,
Ce mot, le mot des dieux et des hommes : je t'aime !

Alphonse de Lamartine

J'aime ceux qui ne savent pas trop pourquoi ils aiment, c'est qu'alors ils aiment vraiment.

André Gide

Je ne suis qu'un atome qui respire au coin de tes lèvres ou qui expire. Je veux toucher la sérénité d'un doigt mouillé de larmes.

André Breton

Il l'aimait
comme il aimait l'amour
en vrai déserteur du malheur.

Jacques Prévert

L'amour n'est pas seulement un sentiment, il est un art aussi.

Honoré de Balzac

La force suprême de l'art et de l'amour est de nous contraindre à vouloir épuiser en eux l'inépuisable.

André Malraux

Mon bonheur mêlé à ton bonheur
Ça fait tant de bonheur
Que si j'en fais le compte
On s'aimera
Au moins tant que tournera
Le monde.

Charles Aznavour

Quant à moi, je ne suis rien si vous ne venez inventer en moi le peu de choses qui me donnent liberté et croyance, vin et pain assemblés dans la niche de mes blessures.

Frédérick Tristan

La mesure de l'amour, c'est d'aimer sans mesure.

Saint Augustin

À quoi de mieux peut servir une femme qu'à accueillir au plus chaud d'elle-même un ancien bébé qui a un peu froid ?

Geneviève Dormann

Mais quoi que tu fasses
L'amour est partout où tu regardes
Dans les moindres recoins de l'espace
Dans le moindre rêve où tu t'attardes...

Francis Cabrel

Je t'aime, tu m'aimes, on sème.

Maurice Chapelan

C'est peut-être parce que je vous invente que je tiens tant à vous.

Antoine de Saint-Exupéry

Je recueille au matin ton premier
sourire devenant soleil.

Jacques Salomé

Je suis aussi à l'aise dans cet amour qu'une étoile dans sa constellation. J'y gravite, j'y scintille ; c'est ma façon à moi de respirer et d'étreindre.

Jean Giraudoux

S'aimer, c'est avoir faim ensemble et non pas se dévorer l'un l'autre.

Gustave Thibon

– Tu m'aimes ?
– Affirmatif.
– Comment ?
– Cinq sur cinq.

Bertrand Poirot-Delpech

Quand vers toi mes désirs partent en caravane,
Tes yeux sont la citerne où boivent mes ennuis.

Charles Baudelaire

Le secret du bonheur crève les yeux. C'est pourquoi personne n'ose le regarder en face : il faut aimer quelqu'un.

Jacques de Bourbon-Busset

Il est temps d'instaurer la religion de l'amour.

Louis Aragon

Aimer, c'est avoir du plaisir à voir, à toucher, sentir par tous les sens et d'aussi près que possible, un objet aimable et qui nous aime.

Stendhal

De ce jour ma vie fut une autre vie. L'amour a ceci de commun avec la grâce que tout – et jusqu'à la manière de pousser une porte ou de nouer un lacet – est modifié. Rien de ce qui était avant ne demeure.

Christiane Singer

Savoir aimer, c'est ne pas aimer. Aimer, c'est ne pas savoir.

Marcel Jouhandeau

L'amour, c'est l'occasion unique de mûrir, de prendre forme, de devenir soi-même un monde, pour l'amour de l'être aimé.

Rainer Maria Rilke

Il y a entre nous mieux qu'un amour : une complicité.

Marguerite Yourcenar

Car j'ai vécu de vous attendre,
Et mon cœur n'était que vos pas.

Paul Valéry

Se donner, c'est s'aimer ; désirer, c'est vouloir du plaisir ou de la tendresse, c'est agir et non subir.

Léon Blum

Essayer de rendre heureux un être est la seule chose positive qui soit à notre portée.

Jacques de Bourbon-Busset

La poésie se fait dans
un lit comme l'amour
Ses draps défaits sont
l'aurore des choses.

André Breton

Je ne veux pas te quitter
mon sourire est attaché à ton corps
et le baiser de l'algue à la pierre
à l'intérieur de mon âge je porte un enfant gai
et bruyant
il n'y a que toi qui saches le faire sortir du
coquillage...

Tristan Tzara

Que serais-je sans toi qui vins à ma rencontre
Que serais-je sans toi qu'un cœur au bois dormant
Que cette heure arrêtée au cadran de la montre
Que serais-je sans toi que ce balbutiement.

Louis Aragon

On ne peut pas se forcer à aimer,
et c'est là précisément l'amour.

Georges Perros

Nous prendrons le temps de vivre
D'être libres mon amour
Sans projet et sans habitudes
Nous pourrons rêver notre vie

Georges Moustaki

Le mariage est la traduction en prose du poème de l'amour.

A. Bougeard

En toi ce que je déteste
C'est le mal que je te fais.

Paul Géraldy

La liberté d'aimer n'est pas moins sacrée que la liberté de penser.

Victor Hugo

L'amour est à réinventer, on le sait.

Arthur Rimbaud

L'amour est visionnaire. Il voit la divine perfection de l'être aimé au-delà des apparences auxquelles le regard des autres s'arrête.

Christiane Singer

Comme une pierre que l'on jette
Dans l'eau vive d'un ruisseau
Et qui laisse derrière elle
Des milliers de ronds dans l'eau
Aux vents des quatre saisons
Tu fais tourner de ton nom
Tous les moulins de mon cœur...

Eddy Marnay

Personne ne peut fuir son cœur. C'est pourquoi il vaut mieux écouter ce qu'il dit. Pour que ne vienne jamais te frapper un coup auquel tu ne t'attendais pas.

Paulo Coelho

Jamais d'autre que toi ne poursuivra son chemin
qui est le mien
Plus tu t'éloignes et plus ton ombre s'agrandit...

Robert Desnos

Dis-moi tout bas de jolis mots d'amour,
Les mêmes qu'au premier jour.
Berce-moi doucement comme un oiseau blessé
Dans tes bras, un instant, je veux encor rêver.

Édith Piaf

Aimer, c'est se surpasser.

Oscar Wilde

Il n'y a qu'un seul amour dans ce monde. Étreindre un corps de femme, c'est aussi retenir contre soi cette joie étrange qui descend du ciel vers la mer.

Albert Camus

Le seul vrai langage au monde est un baiser.

Alfred de Musset

Le plus beau cadeau que quelqu'un puisse vous faire n'est pas de vous aimer, mais de vous apprendre à vous aimer.

Jacques Salomé

Aimer, c'est doubler son regard.

Natalie Clifford-Barney

L'amour m'ouvrit ses paradis
Et l'étreinte de ses panthères.

Charles Cros

Je me cherche hors de moi et c'est en toi que je me trouve, je te cherche hors de moi et c'est en moi que je te trouve...

Maurice Maeterlinck

Je ne sais où va mon chemin,
Mais je marche mieux quand ma main
Serre la tienne.

Alfred de Musset

L'amour est loin, tu peux l'attendre ;
Tu ne l'attends plus... il est là...
Tout autour de toi, vite, vite,
Il vient, s'en va, puis il revient...
Tu crois le tenir, il t'évite,
Tu veux l'éviter, il te tient.

Georges Bizet

Dieu est bon pour ceux qui aiment. Il a pensé à eux depuis les origines. Il a créé deux mondes : l'un pour ceux qui aiment, le second pour les autres.

Hjalmar Bergman

L'amour qui économise n'est jamais le véritable amour.

Honoré de Balzac

Le mal n'est jamais dans l'amour.

André Gide

Que la terre leur soit légère ! Ils ont aimé.

Alfred de Musset

L'enfer, c'est de ne plus aimer.

Georges Bernanos

J'ai tant rêvé de toi qu'il n'est plus temps sans doute que je m'éveille...

Robert Desnos

La vie est peinte en bleu
À grands coups de soleil
Puisque je t'aime et que tu m'aimes...

Henri Contet

Tout est force, et le droit du plus fort amour est le meilleur.

O. V. de L. Milosz

Et si je ne sais plus du tout ce que j'ai vécu
C'est que tes yeux ne m'ont pas toujours vu.

Paul Eluard

Aimer un être, c'est tout simplement reconnaître qu'il existe autant que vous.

Simone Weil

La sagesse n'est pas dans la raison, mais dans l'amour.

André Gide

Tes yeux sont parfaitement bleus
On dirait de l'encre
J'écris tes yeux
Comme une heure tranquille celle
de la poésie et de la vie
Il fait un temps de poème...

Jean Malrieu

Le verbe aimer
pèse des tonnes
Ne pas aimer
pèse plus lourd encore.

Félix Leclerc

Je profitais de son faux sommeil pour respirer ses cheveux, son cou, ses joues brûlantes, et en les effleurant à peine pour qu'elle ne se réveillât point ; toutes caresses qui ne sont pas, comme on le croit, la menue monnaie de l'amour, mais, au contraire, la plus rare, et auxquelles seule la passion puisse recourir.

Raymond Radiguet

La tendresse est plus forte que la dureté,
l'eau est plus forte que le rocher,
l'amour est plus fort que la violence.

Hermann Hesse

Ce que nous faisons de plus sérieux sur cette terre c'est d'aimer, le reste ne compte guère.

Julien Green

Je vais pensant au grand bonheur
Qui nous saisirait si nous voulions.

Paul Eluard

Je t'aime – cette parole est la plus mystérieuse qui soit, la seule digne d'être commentée pendant des siècles.

Christian Bobin

En amour, c'est ce qu'on ne dit pas qu'on entend le mieux.

René Boylesve

Tu prépares pour l'apaiser,
À l'habitant de mes pensées
La nourriture d'un baiser...

Paul Valéry

Et la douceur de sa caresse
Flotte, indécise, en mon sommeil.

Lucien Fabre

Aimer, ce n'est pas
se regarder l'un l'autre,
c'est regarder ensemble
dans la même direction.

Antoine de Saint-Exupéry

L'amour est le seul rêve qui ne se rêve pas.

Paul Fort

Aimer c'est faire notre bonheur de celui de l'autre.

Gottfried Wilhelm Leibniz

Il n'a rien qu'à me regarder
Et je suis à sa merci.
Je peux rien contre lui
Car mon cœur l'a choisi.

Raymond Asso

Car, même si je sais que je mérite un peu de la vie, je ne mérite pas tout ce que tu me donnes.

Henry Miller

C'est un mot obscur que celui d'amour. Il résonne dans nos cœurs comme le nom d'un pays lointain dont, depuis l'enfance, on a entendu vanter les cieux et les marbres. Il dit ce qui délivre, il dit ce qui tourmente. Il est enroulé sur lui-même, luisant et creux, comme ces coquillages que l'on porte à l'oreille pour y entendre l'infini.

Christian Bobin

Et je ne puis me voir ailleurs
Que dans vos yeux qui me dévastent.

Jean Rousselot

Un cœur n'est juste que s'il bat au rythme des autres cœurs.

Paul Eluard

Mais que tu m'aies aimée
C'était comme un miracle
Comme si mon cœur mort
Apprenait à marcher...

Françoise Mallet-Joris
et Michel Grisolia

L'amour est un sacrement qui doit être pris à genoux.

Oscar Wilde

Il n'y a jamais eu de créature. Il n'y a jamais eu que le couple. Dieu n'a pas créé l'homme et la femme l'un après l'autre, ni l'un de l'autre. Il a créé deux corps jumeaux, unis par des lanières de chair qu'il a tranchées depuis, dans un accès de confiance, le jour où il a créé la tendresse.

Jean Giraudoux

Comment se fait-il que ton nom résonne
Comme la fraîcheur en août ?

Sergueï Essenine

Amoureux est celui qui, en courant dans la neige, n'y laisse pas trace de ses pas.

Proverbe turc

Il n'a pas besoin de parler
Il n'y a que deux choses qui servent au bonheur : c'est de croire et d'aimer.

Charles Nodier

L'amour est le triomphe de l'imagination sur l'intelligence.

Henry Louis Menken

Se servir d'une seule âme pour être deux.

Paul Claudel

Le manque d'amour est la plus grande pauvreté.

Mère Teresa

Doutez de tout au monde, et jamais de l'amour.

Alfred de Musset

Je ne puis être et ne veux vivre que dans l'espace et dans la liberté de mon amour.

René Char

Le triomphe de l'amour, c'est de ne pas s'habituer l'un à l'autre.

J.A. Coulanghon

Heureux les amants séparés
Et qui ne savent pas encor
Qu'ils vont demain se retrouver.

Jacques Brel

Alors, qu'est-ce que
l'amour ?
C'est le comble de l'union
de la folie et de la sagesse.

Edgar Morin

Il le faut avouer, l'amour est un grand maître :
Ce qu'on ne fut jamais il nous enseigne à l'être.

Molière

Reviendra bien un jour le temps de la ferveur. Il y a un vocabulaire de l'amour qui remonte au « Cantique des cantiques ». Ayons nous aussi les mots de la tendresse et de la célébration dans notre bouche, nous n'aurons que plus de lumière dans notre cœur.

Charles Le Quintrec

Un amour naissant
C'est un premier roman
Dont on joue tendrement le personnage
On ne sait jamais
S'il sera triste ou gai
Mais on voudrait vite en ouvrir toutes les pages.

Charles Trenet

Pour que ce soit la vie
Plutôt qu'une saison,
Pour qu'elle soit symphonie
Plutôt qu'une chanson,
Je m'en remets à toi.

Jacques Brel

D'après le dictionnaire
Ce n'est guère sauf erreur
Qu'un organe musculaire
Le cœur
Mais d'après les poèmes
De Ronsard à Baudelaire
C'est lui qui dit je t'aime
Le cœur...

Richard Cocciante

On croit qu'on sait tout de l'amour, alors qu'on ne cesse d'apprendre.

Paul Léautaud

Ce qui se fait par amour
se fait toujours
par-delà le bien et le mal.

Nietzsche

Je t'ai choisi !
Entre mille, entre tous,
Comme choisit l'amour,
Comme une cime est choisie de la foudre,
Je t'ai choisi !

Paul Valéry

Aimons sans penser... Si on ne pensait pas, on serait toujours heureux... Celui qui aime n'a pas besoin de savoir qu'il aime ni ce qu'est l'amour, ni même de penser l'amour.

Fernando Pessoa

L'intelligence dit que le jour suit la nuit.
L'amour dit que le jour et la nuit se confondent.
L'intelligence dit qu'il faut comprendre.
L'amour dit qu'on a tort de trop s'interroger.

Alain Bosquet

L'amour c'est ce qu'on peut
Faire de mieux
Alors pourquoi s'en priver
Il se passe des choses à deux
Lorsque l'on se retrouve en privé
Tirez les verrous
Fini les tabous.

Serge Gainsbourg

L'amour est pur, comme un ciel dont on dit qu'il est clair, quand il n'arrête plus rien. Il est frais, comme cette lumière de l'aube qui ne vient de nulle part. Il est vif, comme cette clarté du jour qui rapproche les lointains.

Christian Bobin

Les passions sont les vents qui enflent les voiles du navire ; elles le submergent quelquefois, mais sans elles il ne pourrait naviguer.

Voltaire

Sais-tu que je t'écris avec des mirabelles
Dont la rondeur sucrée a le goût de ta peau ?
Qu'un sourire de toi contient plus d'hirondelles
Qu'au coucher du soleil la buée bleue des eaux ?

Marc Alyn

D'une seule caresse
Je te fais briller de tout ton éclat.

Paul Eluard

Un souvenir d'amour ressemble à l'amour – c'est aussi un bonheur.

Goethe

Aimer n'est pas un projet ;
C'est l'instant qui nous éclaire.

Jean-François Marmontel

L'amour comme un vertige, comme un sacrifice, et comme le dernier mot de tout.

Alain-Fournier

L'aventure la plus vraie, c'est de faire croître la vie là où elle ne devrait pas être. L'aventure, c'est le risque d'aimer.

Didier Decoin

Qu'est-ce que l'amour ?
Le besoin de sortir de soi.

Charles Baudelaire

Je t'aime comme la mer aime le soleil...
Je t'aime comme les étoiles aiment la lune d'or,
Comme le poète, sa création que projette le rêve.
Je t'aime comme les éphémères aiment la flamme,
En languissant d'amour, en s'épuisant de nostalgie.
Je t'aime comme le vent sonore aime les roseaux,
Je t'aime de toute ma volonté,
de toutes les fibres de mon âme.
Je t'aime comme on aime les rêves mystérieux
Plus que le soleil, plus que le bonheur, plus que
la vie et le printemps.

Mirra Lohvitskaia

Il ne faut pas mépriser la passion qui nous découvre le sens de notre destinée, qui suscite, exalte, unifie toutes les puissances de notre être et qui, dans chaque événement de notre vie, introduit la présence de l'absolu et de l'infini. Ceux qui la méprisent tant sont aussi ceux qui sont incapables de l'éprouver.

Louis Lavelle

C'est beau la vie,
comme un nœud dans le bois
C'est bon la vie,
bue au creux de ta main...

Félix Leclerc

Je t'aime d'une telle manière que, [...] même si notre amour devait être détruit, rien ne ferait disparaître la fusion qui a existé. Quelque chose a commencé, comme un mouvement perpétuel.

Anaïs Nin

Le plus grand bonheur après que d'aimer, c'est de confesser son amour.

André Gide

Dans une relation amoureuse, il faut être vraiment prêt à tout. Un bonheur est si vite arrivé !

Jacques Salomé

On peut faire beaucoup avec la haine,
mais encore plus avec l'amour.

William Shakespeare

Chaque passion donne au monde une chance supplémentaire de briser les murailles d'indifférence derrière lesquelles l'humanité a pris ses quartiers d'hiver – une chance supplémentaire d'entrer enfin dans la ferveur.

Christiane Singer

Il n'y a pas d'amour qui ne soit notre amour
La trace de tes pas m'explique le chemin
C'est toi non le soleil qui fais pour moi le jour...

Louis Aragon

Le couple heureux qui se reconnaît dans l'amour défie l'univers et le temps : il se suffit, il réalise l'absolu.

Simone de Beauvoir

Vivre dans un trou
dans le luxe ou la boue
... mais avec vous !

Étienne Roda-Gil

Moi je t'offrirai
Des perles de pluie
Venues de pays
Où il ne pleut pas
Je creuserai la terre
Jusqu'après ma mort
Pour couvrir ton corps
D'or et de lumière
Je ferai un domaine
Où l'amour sera roi
Où l'amour sera loi
Où tu seras reine...

Jacques Brel

L'amour, dans l'anxiété douloureuse comme dans le désir heureux, est l'exigence d'un tout. Il ne naît, il ne subsiste que si une partie reste à conquérir. On n'aime que ce qu'on ne possède pas tout entier.

Marcel Proust

Même quand on l'a perdu
L'amour qu'on a connu
Vous laisse un goût de miel.
L'amour, c'est éternel !

Édith Piaf

Ne parle plus. Ne pense plus.
Laisse ta main se promener sur
moi. Laisse-la être heureuse toute
seule. Tout redeviendrait si simple
si tu laissais ta main seule
m'aimer. Sans plus rien dire...
Ta main est heureuse, elle,
en ce moment. Ta main ne me
demande rien que d'être là,
docile et chaude sous elle.

Jean Anouilh

Après l'amour remontent les images ;
car l'amour c'est un peu les deux,
plaisir aigu comme une joie d'enfant,
et puis mélancolie paisible d'être deux
dans le temps retrouvé, dans l'eau
fragile et douce du temps mesuré.

Philippe Delerm

Il n'y a pas d'amour malheureux : on ne possède
que ce qu'on ne possède pas.
Il n'y a pas d'amour heureux : ce qu'on possède,
on ne le possède plus.

Marguerite Yourcenar

L'homme ne doute de sa liberté que parce qu'il ignore l'étendue immense du pouvoir de l'amour.

O. V. de L. Milosz

J'ai inventé son nom
J'ai entendu sa voix
J'ai dessiné son corps
Et j'ai peint son visage
Son portrait et l'amour
Ne font plus qu'une image.

Jacques Demy

Quand on aime, on n'a aucun besoin de comprendre ce qui se passe, car tout se passe alors à l'intérieur de nous...

Paulo Coelho

Vous pouvez détruire
Tout ce qu'il vous plaira
Elle n'aura qu'à ouvrir
L'espace de ses bras
Pour tout reconstruire
Je l'aime à mourir.

Francis Cabrel

J'ai vu de la lumière
dans ses yeux, alors
je suis monté.

Michèle Anouf

Tes larges yeux ont reflété mes rêves,
La mer et les oiseaux.

Tristan Derème

Que m'importe le jour ? Que m'importe le monde ?
Je dirai qu'ils sont beaux quand tes yeux
l'auront dit.

Alfred de Vigny

J'ai trouvé le secret
de t'aimer
Toujours pour la première fois.

André Breton

Aimer, c'est trouver sa richesse
hors de soi.

Alain

Car c'est cela aimer, car c'est cela amour :
quand on cherche avec amour l'amour.

O. V. de L. Milosz

L'amour, pour être parfait,
quatre S doit porter :
sage, seul, serviable et secret.

Pedro Calderón de La Barca

Mon amour, c'est le fil auquel se tient ma vie.

Étienne de la Boétie

Nous lirons dans le même lit,
Au livre de ton corps lui-même
– C'est un livre qu'on lit au lit –
Nous lirons le charmant poème
Des grâces de ton corps joli.

Guillaume Apollinaire

Le plaisir le plus doux qui soit après l'amour,
c'est d'en parler

Louise Labé

J'ai rêvé tellement fort de toi,
J'ai tellement marché, tellement parlé,
Tellement aimé ton ombre,
Qu'il ne me reste plus rien de toi.
Il me reste d'être l'ombre parmi les ombres
D'être cent fois plus ombre que l'ombre
D'être l'ombre qui viendra et reviendra
Dans ta vie ensoleillée.

Robert Desnos

Aimer, c'est faire jaillir en l'autre une nouvelle vie. C'est re-créer.

Michel Quoist

Un seul être vous manque et tout est dépeuplé.

Alphonse de Lamartine

Le sourire, c'est l'amorce du baiser.

Robert Sabatier

Aimez-moi comme je vous aime... simplement.

Jacques Prévert

L'amour ? Le plus court chemin d'un cœur à un autre : la ligne droite.

Maurice Bedel

Vous me copierez cent fois « je t'aime »,
Ce soir après la leçon
Ne discutez pas, c'est le barème
Pour les filles et les garçons.
Vous me copierez cent fois « je t'aime »
Et pour que ce soit plus long
Je vous forcerai peut-être même
À me suivre à la maison.

Boris Vian

Comme le jour dépend de l'innocence
Le monde entier dépend de tes yeux purs
Et tout mon sang coule dans leurs regards.

Paul Eluard

À quoi penses-tu ?
Je pense au premier baiser
Que je te donnerai...

Paul Eluard

La vie est un sommeil, l'amour en est le rêve
Et vous aurez vécu si vous avez aimé.

Alfred de Musset

Tu cherches mes lèvres avec la soif
de quelqu'un qui a traversé le monde
pour aller voir la neige fondre
sur des sommets moins hauts qu'un baiser.

Lucien Becker

L'amour, c'est comme si jamais on n'avait respiré.

Georges Perros

Si tu veux nous nous aimerons
Avec tes lèvres sans le dire.

Stéphane Mallarmé

C'est merveilleux l'amour
Ça vient sans s'annoncer
Sans crier gare
Un regard, un baiser
Hop ! ça démarre
Le bonheur est lâché
Dans la bagarre
C'est merveilleux l'amour !

Charles Aznavour

BIBLIOGRAPHIE

ABREU Manoel de (1892-1962) : *Après la vie, in La Poésie brésilienne contemporaine*, Seghers, 1966 • **ACHARD Marcel** (1899-1974) : *Jean de la Lune*, Gallimard, 1973 • **AGUIRRE Raul Gustavo** (XXe siècle) : *in Poésie vivante en Argentine*, Le Cormier, 1962 • **ALAIN** Émile Chartier, dit (1868-1951) : *Éléments de philosophie*, Gallimard, 1941 - *Propos sur le bonheur*, Gallimard, 1928 • **ALAIN-FOURNIER** (1886-1914)* • **ALBERT-BIROT Pierre** (1876-1967) : *Mes galaxies, in Poésies* 1916-1924, Gallimard, 1967 • **ALYN Marc** (1937)* • **ANOUF Michèle** (XXe siècle)* • **ANOUILH Jean** (1910-1987) : *Eurydice*, Table Ronde, 1942 - *Pièces noires*, L'Hermine, Table Ronde, 1958 • **APOLLINAIRE Guillaume** (1880-1918) : *Alcools*, in *Poèmes 1898-1913*, Gallimard, 1920 - *Œuvres poétiques complètes*, Gallimard, 1956 • **APPERCELLE Andrée*** • **ARAGON Louis** (1897-1982) : *Elsa*, Gallimard, 1959 - *Le Crève cœur*, Gallimard, 1941 - *Le Paysan de Paris*, Gallimard, 1926 - *Le Roman inachevé*, Gallimard, 1956 - *Les Chambres*, Stock, 1997 • **ARTAUD Antonin** (1896-1948) : *Œuvres complètes*, Gallimard, 1976-1990 • **ASSO Raymond** (1901-1968) : *C'est lui que mon cœur a choisi*, 1938, © Éditions Paul Beuscher • **AUDIARD Michel** (1920-1985) : Dialogues du film *Est-ce bien raisonnable ?*, 1987 **AUDIBERTI Jacques** (1899-1965) : *La Poupée*, Gallimard, 1962 • **AUGUSTIN Saint** (354-430) : *Sermons*, Grenier, 1881 • **AZNAVOUR Charles** (1924) : *C'est merveilleux l'amour, Je te donnerai, Ma main a besoin de ta main, Mon amour, in Un homme et ses chansons*, LGF, 1996 .

BACHELARD Gaston (1884-1962) : *La Psychanalyse du feu*, Gallimard, 1938 • **BALZAC Honoré de** (1799-1850) : *La Recherche de l'absolu*, 1834 - *Le Lys dans la vallée*, 1836 - *Modeste Mignon*, 1844 - *Physiologie du mariage*, 1829 • **BARBARA** Monique Serf, dite (1930-1997) : *Dis quand reviendras-tu ?, Parce que je t'aime, Toi*, in *Barbara*, Seghers, 1968 - *Je ne sais pas dire*, 1964, © Éditions Métropolitaines • **BARBEY D'AUREVILLY Jules** (1808-1889) : *Une vieille maîtresse*, in *Œuvres complètes*, Slatkine, 1979 • **BARJAVEL René** (1911-1985) : in *Le Petit Livre des jours*, La Table ronde, 1995 • **BATAILLE Georges** (1897-1962)* • **BATAILLE Henry** (1872-1922)* • **BAUDELAIRE Charles** (1821-1867) : *Hymne, La Mort des amants*, in *Œuvres complètes*, Laffont, 1980 - *Les Fleurs du mal*, 1861 - *Mon cœur mis à nu*, 1862-1864 • **BAZIN Hervé** (1911-1996) : *Abécédaire*, Grasset, 1984 - *Un feu dévore un autre feu*, Le Seuil, 1978 • **BÉART Guy** (1930): *Qu'on est bien*, 1957, © Éditions Espace • **BEAUMARCHAIS Pierre Augustin Caron de** (1732-1799) : *Le Mariage de Figaro*, 1784 • **BEAUVOIR Simone de** (1908-1986) : *Mémoires d'une jeune fille rangée*, Gallimard, 1958 • **BECKER Lucien** (1911-1984) : *Les Pouvoirs de l'amour*, in *Plein d'amour*, Gallimard, 1954 • **BEDEL Maurice** (1884-1954) : *Jérôme 60° de latitude nord*, Gallimard, 1927 • **BERGMAN Hjalmar** (1883-1931) : *Grand-mère et le Bon Dieu*, 1921 • **BERNANOS Georges** (1888-1948) : *Journal d'un curé de campagne*, Plon, 1936 • **BERNARD Catherine** (1622-1742) : *Inès de Cordoue*, 1696 • **BIRKIN Jane** (1946) : *Amour jamais*, 1990, © Savatipitoi et Melody Nelson Publishing • **BIZET Georges** (1838-1875) : *Carmen*, 1875 • **BLUM Léon** (1872-1950) : *Du mariage*, in *L'Œuvre de Léon Blum*, Albin Michel, 1962 • **BOBIN Christian** (1951) : *Autoportrait au radiateur*, Gallimard, 1997 - *Geai*, Gallimard, 1998 - *La Folle allure*, Gallimard, 1995 - *La Plus que vive*, Gallimard, 1996 - *Lettres d'or*, Fata Morgana, 1987 • **BÖLL Heinrich** (1917-1985) : *Essai sur la raison de la poésie*, 1972 •

BONNARD Abel (1883-1968)* • **BORNE Alain** (1915-1962)* • **BOSQUET Alain** (1919) : *Le Livre du doute et de la grâce*, Gallimard, 1977 • **BOUGEARD A.** (XXe siècle) : *Observations*, 1856 • **BOURBON BUSSET Jacques de** (1912) : *Les Choses simples*, Gallimard, 1980 - *Tu ne mourras pas*, Gallimard, 1978 • **BOURBON BUSSET Laurence de*** • **BOURGET Paul** (1852-1935) : *Le Sens de la mort*, Plon • **BOUTELOUP Sylvie**, in *Des rimes et des rames*, LGF, 1999 • **BOYLESVE René** (1867-1926)* • **BRASSENS Georges** (1921-1981) : *Les Amoureux des bancs publics*, in *Georges Brassens*, Seghers, 1988 • **BREL Jacques** (1929-1978) : *Heureux*, © Nouvelles éditions musicales Caravelle, 1956 - *Je l'aime, La Quête*, in *L'Homme de la Mancha*, 1968 - *Je m'en remets à toi*, © Éditions Mary Melody, 1965 - *Le Prochain amour*, 1961, © Warner Chappell Music France - *Ne me quitte pas*, in *Œuvre intégrale*, Laffont, 1982 • **BRENTANO Lemens*** • **BRETON André** (1896-1966) : *Arcane 17*, 1947, Pauvert, 1971 - *L'Air de l'eau*, 1934, Gallimard, 1966 - *L'Amour fou*, Gallimard, 1937 - *Nadja*, Gallimard, 1964 - *Point du jour*, Gallimard, 1970 - *Signe ascendant*, Gallimard, 1949 • **BRETON Jean** (1911) : in *L'Amour et l'amitié en poésie*, Gallimard, 1980 • **BUSCAGLIA Léo*** • **BUSSY-RABUTIN Roger de** (1618-1693) : *Maximes d'Amour pour les femmes* • **BYRON Lord** (1788-1824) : Don Juan, 1819.

CABREL Francis (1953) : *Je l'aime à mourir*, 1979, © Warner Chappell Music France - *Je t'aimais, je t'aime, je t'aimerai*, 1993, © Chandelle Production • **CADOU René-Guy** (1920-1951)* • **CALDERÓN de LA BARCA Pedro** (1600-1681) : *Même l'amour n'est pas libre de l'amour*, 1662 • **CAMPOAMOR R. de** (1817-1901) : *Humoresques*, 1886 • **CAMUS Albert** (1913-1960) : *La Peste*, Gallimard, 1947 • **CAPUS Alfred** (1858-1922)* • **CARCO Francis** (1886-1958)* • **CARÊME Maurice** (1899-1978)* • **CARON Francine** (1947), **Bonheur désarmé**, Louis Destot, 1975 • **CASTRO Ève de** : *Le Soir et le matin suivant*, Albin Michel, 1998 • **CAVANNA François** (1923) : *La Couronne d'Irène*, Belfond, 1988 • **CELLI Romano** (1949-1995) : in revue *Generazione*, Venise, 1993 • **CESBRON Gilbert** (1913-1979) : *Journal sans date*, Laffont, 1963 • **CHAPELAN Maurice** (1906-1992) : *Amours Amour*, Grasset, 1967 • **CHAR René** (1907-1988) : *À la santé du serpent*, 1954, in *Œuvres complètes*, Gallimard, 1983 - *En trente-trois morceaux*, 1956 - *La Chambre dans l'espace* - *Lettera amorosa*, in *La Parole en archipel*, Gallimard, 1962 • **CHARDONNE Jacques** (1884-1968) : *Claire*, Grasset, 1984 - *L'amour c'est beaucoup plus que l'amour*, Albin Michel, 1936 • **CHATEAUBRIAND Alphonse de** (1877-1951) : *La réponse du Seigneur*, Grasset, 1990 • **CHATEAUBRIAND François-René de** (1768-1848)* • **CHAUVEAU Sophie** (1952) : *Débandade*, Alésia, 1982 • **CHAZAL Malcolm de** (1902-1981) : *Sens-plastique*, Gallimard, 1948 • **CLAUDEL Paul** (1868-1955) : *Journal*, Gallimard, 1968-1969 - *Le Père humilié*, Gallimard, 1920 - in Jacques Bourbon-Busset, *Lettre à Laurence*, Gallimard, 1987 • **CLEMENCEAU Georges** (1841-1929) : *Les Plus Forts*, 1898 • **CLERC Julien et CHALUMEAU Laurent** : *Carabat*, © Virgin France SA-Free demo - *Si on chantait* • **CLIFFORD-BARNEY Natalie** (1876-1972) : *Éparpillements*, 1910, G. Pastre, 1999 • **COCCIANTE Richard** (1946) : *Le Cœur* (textes de Luc Plamondon) et *Pour elle* (textes de Jean-Paul Dréau), © Boventoon B.V., 1993 • **COCTEAU Jean** (1889-1963) : *L'ombilic des limbes, L'amour sans trêve*, 1925 • **COELHO Paulo** (1947) : *L'Alchimiste*, Anne Carrière, 1994 • **COHEN Léonard** (1934) : *Pourquoi j'écris*, in *Poèmes et chansons*, 10/18, 1972 • **COLETTE** Sidonie Gabrielle (1873-1954) : *L'Ingénue libertine*, Albin Michel, 1985 • **CONAN Laure** (1845-1924)* • **CONSTANT Benjamin** (1767-1830) : *Adolphe*, Librairie Charpentier, 1963 • **CONTET Henri** (1904) : *C'est merveilleux*, 1946, © Éditions Paul Beuscher • **COULANGHON J.A.*** • **CROS Charles** (1842-1888) : *Le Coffret de santal*, Flammarion, 1979 - *Œuvres complètes*, Gallimard, 1972 .

DAC Pierre (1893-1975) : *Les Pensées*, Cherche midi éditeur, 1972 • **DECOIN Didier** (1945)* • **DELANOË Pierre** (1918) : *Mes mains*, in Gilbert Bécaud, *Alors, raconte...*, LGF, 1995 • **DELÉCLUSE Claude** et **SELIS Michelle** : *Comme moi*, 1958, © Les Nouvelles Éditions Méridian • **DELERM Philippe*** • **DEMY Jacques** (1931-1990) : *Chanson de Maxence*, 1967, © Warner Chappell Music France • **DERÈME Tristan** (1889-1941) : *La Verdure dorée*, © S.C.A.M. • **DESBORDES-VALMORE Marceline** (1786-1859) : *Qu'en avez-vous fait ?*, in *Élégies - Pauvres fleurs*, in *Anthologie de la poésie de langue française*, Hachette, 1994 - in Pierre Béarn, *L'Érotisme dans la poésie féminine*, Pauvert/Terrain vague, 1993 • **DESNOS Robert** (1900-1945) : *À la mystérieuse*, in *Corps et biens*, Gallimard, 1930 - *Dernier Poème*, vers 1944, et *Jamais d'autre que toi*, in *Œuvres*, Gallimard, 1999 • **DESPLECHIN Marie** : *Sans moi*, L'Olivier/Le Seuil, 1998 • **DEUBEL Léon** (1879-1913) : *Le Chant des routes et des déroutes*, 1901, in *Œuvres*, Mercure de France, 1929 • **DITER Solange** (1954)* • **DIVOIRE Fernand** (1883-1951) : *L'Homme du monde*, 1926 • **DORMANN Geneviève** (1933) : *Le Bateau du courrier*, Albin Michel, 1974 • **DROZ François** (1779-1850)* • **DUNCAN Isadora** (1877-1927) : *Mémoires*, in *This Quarter*, 1929 • **DURAND Étienne** (1586-1618) : *Stances de l'absence*, in *Poésies complètes*, Droz, 1990 • **DURAS Marguerite** (1914-1996) : Dialogues du film *Hiroshima mon amour* d'Alain Resnais, 1959 - *La Maladie de la mort*, Minuit, 1982 - in Michèle Manceaux, *L'Amour des stars*, Albin Michel, 1999 • **DUTEIL Yves** (1949) : *Instant de trêve, Jusqu'où je t'aime, L'Amour est une maison, La Statue d'ivoire, Les Choses qu'on ne dit pas*, in *Les Mots qu'on n'a jamais dit...*, Éditions de l'Écritoire, 1987 • **DUTOURD Jean** (1920) : *Les Pensées*, Cherche Midi, 1990

ELUARD Paul (1895-1952) : *Air vif, Le Phénix*, Seghers - *Capitale de la douleur*, Gallimard, 1926 · *L'Amour la Poésie*, Gallimard, 1929 - *Poèmes retrouvés*, Gallimard - *Poésies 1913-1926*, Gallimard, 1968 • **ÉMER Michel** (1906-1984) : *À quoi ça sert l'amour ?*, 1962, © Éditions Paul Beuscher • **ESSENINE Serge** (1895-1925)*.

FABRE Lucien (1889-?)* • **FERRAT Jean** chante *Deux enfants au soleil*, paroles de Claude Delecluse, 1962 • **FERRÉ Léo** (1916-1993) : *Je t'aime*, 1981, © Éditions La Mémoire et la Mer - *L'Amour fou*, Éditions Méridan • **FEUCHER Nicole** (1946) : *La Danse du feu commence*, in *Les Cent plus belles déclarations d'amour*, Cherche Midi, 1984 • **FEUERBACH Ludwig** (1804-1872)* • **FLAUBERT Gustave** (1821-1880) : *Correspondance à Louise Colet*, 18 septembre 1846 - *Madame Bovary*, 1857 - *Mémoires d'un fou*, 1838 • **FLORENNE Yves*** • **FORNERET Xavier** (1809-1884) : Sans Titres et autres textes, Thot, 1978 • **FORT Paul** (1872-1960) : *Ballades françaises*, Flammarion, 1983 • **FOUCHET Max-Pol** (1913-1980)* • **FOURNIER Alain** (1886-1914) : *Correspondance avec Jacques Rivière 1905-1914*, Gallimard, 1926 • **FRANCE Anatole** (1844-1924)* • **FROSSARD André** (1915-1995)* .

GAINSBOURG Serge (1928-1991) : *Amour jamais, Attends ou va-t'en, La Javanaise, Les Yeux pour pleurer, Pour aimer il faut être trois*, © Savatipitoi et Melody Nelson Publishing • **GARY Romain** (1914-1980) : *Au-delà de cette limite votre ticket n'est plus valable*, Gallimard, 1975 • **GÉRALDY Paul** (1885-1949) . *L'Amour*, Stock, 1929 - *Toi et moi*, Stock, 1913 • **GÉRARD Rosemonde** (1871-1953)* • **GIDE André** (1869-1951) : *La Symphonie pastorale*, Gallimard, 1919 - *Les Faux-Monnayeurs*, Gallimard, 1925 - *Les Nouvelles Nourritures*, Gallimard, 1935 • **GIRAUDOUX Jean** (1882-1944) : *Électre*, Grasset, 1937 - *Pour Lucrèce*, Grasset, 1953 - *Sodome et Gomorrhe*, Grasset, 1959 • **GOETHE Johann Wolfgang von** (1749-1832) : *Chant d'alliance*, in *Chansons de société*, 1776 - *Lettre à Charlotte von Stein*, 1785 - in Gustav Janouch, *Kafka m'a dit*, 1952 • **GOLL Yvan** (1891-1950) : *Poèmes d'amour*, in *Œuvres*, I, 1925 •

GOURMONT Rémy de (1858-1915) : *Le Plus fou des rêves*, 21 août 1887, in *Lettres à Sixtine*, 1921 • **GRASSET** Bernard (1881-1955) : *Remarques sur l'Action*, Gallimard, 1928 • **GRAY** Martin (XXe siècle) : *Le Livre de la vie*, Laffont, 1973 • **GRÉCO** Juliette (1927) : *Déshabillez- moi*, 1987, © Warner Chappell Music France • **GREEN** Julien (1900)* • **GUÉHENNO** Jean (1890-1978)* • **GUÉRIN** Eugénie de (1805-1848) : *Journal*, 1835 • **GUILLEVIC** Eugène (1907) : *Terraqué*, Gallimard, 1968 • **GUITTON** Jean (1901)* • **GUTTINGUER** Ulrich (1785-1866) : *À toi ma voix*, in *Mélanges poétiques*, 1824.

HAMELIN Octave (1856-1907)* • **HAN SUYIN** (1917) : *Multiple splendeur*, Stock, 1953 • **HARDELLET** André (1911-1974) : *Lourdes, lentes*, 1969, Gallimard, 1994 • **HAWTHORNE** Nathaniel (1804-1864) : *Contes*, 1837, Stock, 1926 • **HESSE** Hermann (1877-1962) : *Siddhartha*, Grasset, 1988 • **HIKMET** Nazim (1902-1963)* • **HÖLDERLIN** Johann Christian Friedrich (1770-1843) : *Hyperion*, 1797-1799, Mercure de France, 1965 • **HUGO** Victor (1802-1885) : *La Légende des siècles*, 1877 - *Les Contemplations*, 1856, Bordas, 1985 - *Les Misérables*, 1862, Garnier, 1963 - *Les Voix intérieures*, 1837 - *Lettre à Juliette Drouet*, 7 mars 1833.

IBSEN Henrik (1828-1906) : *La Comédie de l'amour*, 1862, Perrin, 1925 - *Solness le Constructeur*, 1892, Gallimard, 1973.

JAMMES Francis (1868-1938) : *Je sais que tu es pauvre*, in *Œuvres complètes*, Atlantica, 1998 • **JANKÉLÉVITCH** Vladimir (1903-1985)* • **JONASZ** Michel (1947) : *L'Ongle cassé contre un nounours aux bras tordus*, in *Michel Jonasz*, Seghers, 1985 • **JOUBERT** Joseph (1754-1824)* • **JOUHANDEAU** Marcel (1888-1979) : *Algèbre des valeurs morales*, Gallimard, 1935 - *Réflexions sur la vieillesse et la mort*, Grasset, 1956.

KARAKAYA Amed (XXe siècle) : in *Des rimes et des rames*, LGF, 1999 • **KEMP** Robert (1885-1959) : *La Vie des livres*, Albin Michel, 1962 • **KHAYYAM** Omar (1050-1120) : *Quatrains*, Le Rocher, 1996 • **KOUPRINE** Alexandre (1870-1938)* • **KRISHNAMURTI** (1895-1986)*.

LA BOÉTIE Étienne de (1530-1563) : in *Montaigne*, Essais, 1588 • **LA FAYETTE** Madame de (1634-1693) : *La Princesse de Montpensier*, 1662 • **LA FONTAINE** Jean de (1621-1695) : *Les Amours de Psyché et de Cupidon*, in *Fables*, 1668 • **LA TOUR DU PIN** Patrice de (1911-1975) : *La Quête de Joie*, 1933, Gallimard, 1989 • **LAÂBI** Abdellatif (1942) : *Le Spleen de Casablanca*, La Différence, 1997 • **LABÉ** Louise (1524-1566) • **LAMARTINE** Alphonse de (1790-1869) : *Méditations poétiques*, 1820 - *Nouvelles Méditations poétiques*, 1823 • **LANZA del VASTO** (1901-1981) : *Principes et préceptes du retour à l'évidence*, 1945, Denöel, 1973 • **LAPORTE** René (1905-1954) : *Poésie choisie*, 1954 • **LAVEDAN** Henri* • **LAVELLE** Louis (1883-1951) : *L'Erreur de Narcisse*, Grasset • **LAWRENCE** D.H. (1885-1930) : *L'Amant de Lady Chatterley*, Gallimard, 1932 • **LE FORESTIER** Catherine : *Le Pays de ton corps*, 1971, © Warner Chappell Music France • **LE QUINTREC** Charles (1926) : *Danses et chants pour Élisane*, Albin Michel, 1998 - *Stances du verbe amour*, Albin Michel, 1966 • **LE TASSE** (1544-1595)* • **LÉAUTAUD** Paul (1872-1956)* • **LECLERC** Félix (1914-1988) : *La Mer n'est pas la mer, La Vie, l'amour, la mort, Les Mauvais conseils,* in *Cent chansons*, Bibliothèque nationale du Québec, 1998 • **LEIBNIZ** Gottfried Wilhelm (1646-1717)* • **LENCLOS** Ninon de (1620-1705) : *Lettre au marquis de Villarceaux*, 30 août 1650, Éditions Bernardin, 1932 • **LENOIR** Jean (XXe siècle) : *Parlez-moi d'amour*,

1930, © S.E.M.I./Patricia • **LENORMAND Henri-René** (1882-1951) : *Le mangeur de rêves*, Crès, 1922 • **LERMONTOV Mikhaïl** (1814-1841) : *Le Héros de notre temps*, 1840, Schiffren, 1926 • **LEROUX Pierre** (1797-1871) : *De l'humanité, de son principe et de son avenir*, Fayard, 1985 • **LOHVITSKAIA Mirra** (1871-1905)* • **LOUŸS Pierre** (1870-1925) : *Les Chansons de Bilitis*, 1894, Albin Michel, 1977 •

MÆTERLINCK Maurice (1862-1949) : *Aglavaine et Sélysette*, Fasquelle, 1896 • **MAGALLON Xavier de** (XXe siècle) : *L'Ombre*, in André Fontainas, *Tableau de la poésie française d'aujourd'hui*, Éditions Nouvelle Revue Critique, 1931 • **MAKHNO Sophie** : *Les Gens qui s'aiment*, 1979, © Radio Music/Charles Dumont • **MALLARMÉ Stéphane** (1842-1898)* • **MALLET- JORIS Françoise** (1930) et **GRISOLIA Michel** : *Que tu ne m'aimes plus*, Emma Productions • **MANSOUR Joyce** (1928-1986) : *Déchirures*, Minuit, 1955 • **MALRAUX André** (1901-1976) : *Les Voix du silence,* Gallimard, 1951 - in *Notre Malraux*, Albin Michel, 1979 • **MALRIEU Jean** (1915-1975) : *Dans les terres inconnues et quotidiennes*, 1934-1976, 1983, Sud, 1984 - *Les Maisons de feuillages*, Saint-Germain-des-Près, 1970 • **MANSFIELD Katherine** (1888-1923)* • **MARCEL Gabriel** (1889-1973)* • **MARGUERITE Victor** (1866-1942) : *La Garçonne*, Flammarion, 1978 • **MARIËN Marcel** (1920)* • **MARMONTEL Jean-François** (1723-1799) : *La Fausse Magie*, in *Chansons* • **MARNAY Eddy** : *Les Moulins de mon cœur*, 1969, © United Artists • **MAUPASSANT Guy de** (1850-1893) : *Notre cœur*, 1890 - *Pierre et Jean - Contes et Nouvelles,* 1880-1890, t.1, Albin Michel, 1959-1960 - *Revoir vos yeux*, 19 décembre 1887, in *Chroniques, Études, Correspondance de Guy de Maupassant*, Gründ • **MAURIAC François** (1885-1970) : *Journal*, t.3, *Solitude au seuil de la guerre*, Grasset - *La Fin de la nuit*, Grasset, 1935 - *Souffrances et Bonheur du chrétien*, Grasset, 1931 • **MAYOUX Jean** (1904)* • **MENKEN Henry Louis** (1880-1956)* • **MICHAUX Henri** (1899-1984) : Plume, Gallimard, 1938 • **MICHELOUD Pierrette*** • **MILLER Henry** (1891-1980) : *Correspondance passionnée*, Stock, 1989 • **MILOSZ O.V. de L.** (1877-1939) : *La Confession de Lemuel*, *Cantique de la connaissance*, 1922, Silvaire, 1989 - *Les Arcanes*, 1926, Silvaire, 1994 - *Maximes et Pensées*, Silvaire, 1967 • **MOLIÈRE** Jean-Baptiste Poquelin dit (1622-1673) : *La Princesse d'Élide*, 1664 - *L'École des femmes*, 1662 • **MONTHERLANT Henry de** (1895-1972) : *Carnets* 1930-1944, Gallimard, 1957 - *Les Jeunes filles*, Gallimard, 1936 • **MORAND Paul** (1888-1976)* • **MOREAU Jeanne** (1928): *Juste un fil de soie*, 1970, © Jeanne Moreau • **MORIN Edgar** (1921) : *Amour, poésie, sagesse,* Le Seuil, 1997 • **MO-TZU** (479-381 av. J.C.)* • **MOUSTAKI Georges** (1934) : *Chaque instant est toute une vie*, in *En ballades*, 2, Pirot, 1996 - *Le Temps de vivre*, 1969, © Warner Chappell Music France • **MUSIL Robert** (1880-1942) : L'Homme sans qualités, Le Seuil, 1969 • **MUSSET Alfred de** (1810-1857) : *Premières poésies*, in *Œuvres complètes*, Kraus reprint, 1970.

NIETZSCHE Friedrich (1844-1900)* • **NIN Anaïs** (1903-1977) : *Correspondance passionnée*, Stock, 1989 - *Journal 1944-1947,* Stock, 1972 • **NITOT Nicole**, in *Des rimes et des rames*, LGF , 1999 • **NOAILLES Anna de** (1876-1933) : *Soir sur la terrasse*, in *Les Vivants et les Morts*, 1913 • **NODIER Charles** (1780-1844) : *La Fée aux miettes*, 1832, Hachette Littératures, 1993 • **NOËL Marie** (1883-1967) : *Les Chants de la merci, Préludes et Exercices*, Stock, 1975 - *Notes intimes*, Stock, 1959 • **NOUGARO Claude** (1929) : *Tendre*, in *Sur paroles*, Flammarion, 1997 • **NOURISSIER François** (1927) : *Mauvais genre, Conversations*, Gallimard, 1996 • **NOUVEAU Germain** (1852-1920)* • **NOVALIS** (1772-1801) : *Henri d'Ofterdingen*, Aubier, 1942 - *Journal*, Stock, 1927.

ORMESSON Jean d' (1925) : *Dieu, sa vie, son œuvre*, Gallimard, 1980 • **OVIDE** (43 av. J-C-18 ap. J-C)*.

PASCAL Blaise (1623-1662) : *Pensées*, 1670, Bordas, 1991 • **PAULHAN Jean** (1884-1968)* • **PÉGUY Charles** (1873-1914) : *Note conjointe sur M. Descartes*, Gallimard, 1914 - *Notre jeunesse*, Gallimard, 1910 • **PENNAC Daniel** : *Aux fruits de la passion*, Gallimard, 1999 - *La Petite marchande de prose*, Gallimard, 1989 • **PERROS Georges** (1923-1978) : *Papiers collés*, Gallimard, 1960-1978 • **PESSOA Fernando** (1888-1935)* • **PETIT Henri** (1900-1978)* • **PHILIPE Anne** (XXe siècle) : *Le Temps d'un soupir*, Julliard • **PIAF Édith** (1915-1963) : *À quoi ça sert l'amour, C'est merveilleux*, in *Édith Piaf*, Seghers, 1988 - *Fais-moi valser, La Vie en rose*, in *Hymne à l'amour*, LGF , 1994 • **PICABIA Francis** (1879-1953) : *Écrits, Belfond*, 1978 • **PIERRE Abbé** Henri Grouès, dit (1912)* • **PIEYRE de MANDIARGUES André** (1909-1991) : *Mascarets*, Gallimard, 1971 • **POIROT-DELPECH Bertrand** (1929) : *Diagonales*, Gallimard, 1995 • **PRÉVERT Jacques** (1900-1977) : *Fatras*, Gallimard, 1966 - *Paroles*, Gallimard, 1949 - *Choses et autres*, Gallimard, 1972 - Dialogues du film *Les Enfants du Paradis* de Marcel Carné, 1945 - *Les Enfants qui s'aiment, Simple comme bonjour*, in Yves Montand, *La Chansonnette*, Édition°1, 1995 • **PROUST Marcel** (1871-1922) : *Du côté de chez Swann*, Gallimard, 1913 - *La Prisonnière*, Gallimard, 1923 - *Les Plaisirs et les Jours*, Gallimard, 1924.

QUOIST Michel*.

RACINE Jean (1639-1699) : *Stances à Parthénice*, in *Œuvres complètes*, Le Seuil, 1962 • **RADIGUET Raymond** (1903-1923) : *Le Diable au corps*, Grasset, 1923 • **REGGIANI Serge** (1922): *La Première peine*, Textes de Claude Lemesle, Éditions Art Music France © Trema, 1990 • **RÉGNIER Henri de** (1864-1936) : *Les Jeux rustiques et divins, Odelette*, 1897 • **RENARD Jules** (1864-1910) : *Journal 1887-1910*, Gallimard, 1965 • **RENAUD** (1952) : *Ma Gonzesse*, © Mino Music, 1988 - *Me jette pas*, © Mino Music, 1988 • **RESTIF de la BRETONNE Nicolas-Edmée** (1734-1806) : *Monsieur Nicolas ou le Cœur humain dévoilé*, 1794-1797 • **REVERDY Pierre** (1889-1960) : *Cahiers de Malte*, Laurids Brigge, 1910 - *En vrac*, Le Rocher, 1956 • **RICHEPIN Jean** (1849-1926) : *Vieilles amourettes*, in *Les Caresses*, Fasquelle, 1877 • **RILKE Rainer Maria** (1875-1926) : *Lettres à un jeune poète*, Le Seuil, 1992 • **RIMBAUD Arthur** (1854-1891) : *Soleil et chair, Une saison en enfer, Délires*, in *Œuvres*, Bordas, 1991 • **ROCHEFORT Christiane*** • **ROD Édouard** (1857-1910)* • **RODA GIL Étienne** (XXe siècle) : *Vivre dans un trou* (chanté par Julien Clerc), Veranda et You You Music • **ROSTAND Edmond** (1868-1918) : *Chanteclerc*, Fasquelle, 1910 - *Cyrano de Bergerac*, 1897 • **ROSTAND Jean** (1894-1977) : *Inquiétudes d'un biologiste*, Stock, 1967 - *Pensées d'un biologiste*, Stock, 1954 • **ROUSSEAU Jean-Jacques** (1712-1778) : *Émile ou De l'éducation*, Flammarion, 1966 • **ROUSSELOT Jean** (1934-1974) : in Michel Cosem, *Au pays des mille mots*, Milan, 1988 • **ROY Claude** (1915)* • ROY Jules (1907) : *Les Années cavalières, Journal 2 : 1966-1985*, Albin Michel, 1998.

SABATIER Robert (1923) : *Le Livre de la déraison souriante*, Albin Michel, 1991 • **SAGAN Françoise** (1935) : *Bonjour tristesse*, Julliard, 1998 • **SAINT- EXUPÉRY Antoine de** (1900-1944) : *Le Petit Prince*, Gallimard, 1943 - *Terre des hommes*, Gallimard, 1939 - *Lettres de jeunesse*, in *Œuvres complètes*, Gallimard, 1974 • **SALOMÉ Jacques** : *Éloge du couple*, Albin Michel, 1998 - *Toi, mon infinitude*, Albin Michel, 1998 • **SARTRE Jean-Paul** (1905-1980)* • **SCHÉHADÉ Georges** (1910)* • **SCUTENAIRE Louis** (1905-1987) : *Mes Inscriptions*, Gallimard, 1945 • **SÉVIGNÉ Marquise de** (1626-1696) : *Lettres*, Perrin, 1734 • **SHAKESPEARE William** (1564-1616) : *Roméo et Juliette*, 1595 - *Vénus et Adonis*, 1593 • **SINGER Christiane** (1943) : *Une passion*, Albin Michel, 1992 • **SOLLERS Philippe** (1936) : *Le Défi*, Le Seuil, 1957 • *SOUCHON Alain* (1944) : *Banale song*, 1984, (c) BMG Music Publishing France •

STENDHAL Henri Beyle, dit (1783-1842) : *De l'amour*, 1822 - *Racine et Shakespeare*, appendice IV, *de Molière et de Regnard*, 1823-1824 • **SUARÈS André** (1868-1948)*.

TAGORE Rabindranàth Thakur (1861-1941)* • **TEILHARD de CHARDIN Pierre** (1881-1955) : *L'Énergie humaine*, Le Seuil, 1962 • **TERESA Mère** (1910-1997)* • **THIBON Gustave** (1903)* • **THOMAS Henri** (1912)* • **THOREAU Henry David** (1817-1862) : *Journal*, 1837- 1861, Les Presses d'aujourd'hui, 1981 • **TOESCA Maurice** (1905) : *Un Nouvel Art d'aimer*, Albin Michel, 1958 • **TOLSTOÏ Léon** (1828-1910)* • **TRENET Charles** (1913) : *Boum*, © Éditions Vianelly, 1936 - *La vie qui va*, © Éditions Vianelly, 1939 - *Le Premier rendez-vous*, 1941, © Warner Chappell Music France • **TRIOLET Elsa** (1896-1970) : *La Mise en mots*, Denoël, 1969 • **TRISTAN Frédérick** (1931) : *Marijuana*, 20 mai 1952, in *Les Cent plus belles déclarations d'amour*, Cherche Midi, 1984 • **TUZA Làszlò** (XXe siècle) : in *Des rimes et des rames*, LGF, 1999 • **TZARA Tristan** (1896-1963) : *Bifurcation*.

URFÉ Honoré d' (1568-1625) : *L'Astrée*, 1607.

VALÉRY Paul (1871-1945) : *Amphion, Les Pas, Poésies*, Gallimard, 1929 - *Cantate du Narcisse*, Gallimard, 1943 • **VAN der MERSCH Suzanne** : in *Une Brassée de confessions de foi*, Le Seuil, 1979 • **VERLAINE Paul** (1844-1896) : *Aquarelles, Green, Mon rêve familier, Poèmes saturniens*, Nizet, 1967 • **VIAN Boris** (1920-1959) : *À l'école de l'amour* (version féminine), in *Chansons*, Bourgois, 1984 - *Il faut me jurer de m'aimer*, 1958, © Éditions Salabert • **VIGIER Marie-Hélène*** • **VIGNY Alfred de** (1797-1863) : *Lettre à Éva, La Maison du berger*, 1844, LGF, 1997 • **VILMORIN Louise de** (1902-1969) : *La Lettre dans un taxi*, Gallimard, 1958 - *Le Retour d'Erica*, Gallimard, 1948 • **VOLTAIRE** François Marie Arouet, dit (1694-1778) : *Zadig*, 1747 • **WEIL Simone** (1909-1943) : in Benoîte Groult, *Ainsi soit-elle*, Grasset, 1975 • **WILDE Oscar** (1854-1900) : *Le Portrait de Dorian Gray*, Stock, 1924 - *Une femme sans importance*, 1893, Ressouvenances, 1986.

WILLOCQ Céline*.

YOURCENAR Marguerite (1903-1987)*.

ZAMACOÏS Miguel (1866-1955) : *Almanach des lettres françaises et étrangères*, 1924.

*** Les textes des auteurs non référencés dans la bibliographie ci-dessus, et suivis d'un astérisque, sont extraits des ouvrages suivants :**

Histoire de la poésie française (9 volumes, du Moyen âge au XXe siècle), de Robert Sabatier, Albin Michel, - *Anthologie de la poésie française*, de Marcel Jullian, Fixot, 1989 - *Le Meilleur choix de poèmes est celui que l'on fait pour soi,* de Paul Éluard, Sagittaire, 1947 - *Panorama de la poésie française*, de Georges-Emmanuel Clancier, Seghers, 1963, 1970 - *Anthologie de l'Amour sublime*, de Benjamin Péret, Albin Michel, 1956 - *Anthologie des poètes de la NRF*, préface de Paul Valéry, Gallimard, 1936 - *Les Plus belles chansons d'amour*, de Jeanne Moreau, Albin Michel, 1997 - *La Poésie de l'amour*, Poèmes choisis par Maurice Allem, Garnier, 1932 - *L'Amour et l'amitié en poésie*, Gallimard, 1980 - *Anthologie de la poésie de langue française*, de Michel Cazenave, Hachette, 1994 - *Anthologie des poètes maudits*, Belfond, 1985 - *Anthologie de la poésie de langue française*, de Michel Cazenave, Hachette, 1994 - *Poètes d'aujourd'hui : morceaux choisis*, de Paul Léautaud et Ad. van Bever, Mercure de France, 1927 - *L'Érotisme dans la poésie féminine*, de Pierre Béarn, Pauvert/Terrain vague, 1993.

Le flashage de cet ouvrage
*a été réalisé par l'***Imprimerie Bussière**
l'impression et le brochage ont été effectués
sur presse Cameron dans les ateliers
de **Bussière Camedan Imprimeries**
à Saint-Amand-Montrond (Cher),
pour le compte des Éditions Albin Michel.

Achevé d'imprimer en février 2002.
N° d'édition : 20588. N° d'impression : 000972/4.
Dépôt légal : janvier 2000.